KB118519

음시
함기석 시집

문학동네시인선 168 함기석

음식

시인의 말

산 자의 죽은 말과
죽은 자의 죽지 않는 말 사이에서

몸도 빛도 꿈도 어휘도 재의 혼령으로 떠돌았다

백지는 눈 내리는 나의 명부(冥府)
시는 길들여지지 않는 암흑, 야수의 공간이다

내 이름은 잉(~ing), 나는 진행형 비(非)인간

명(命)도 운(運)도 버린
고아가 된 흑조가 천지를 빙빙 돌았다

2022년 2월
함기석

차례

공간 U

공간 R

공간 H

와 우주소녀 서클(Circles)

공간 T

공간 U

오염된 땅

첫 낱말이 태어날 때
그것은 죽음과 탯줄로 이어져 있다

그것은 핏덩어리 육체여서
나는 늙고 아픈 산파처럼 떨리는 손으로

엉킨 피를 닦아
대지의 파헤쳐진 가슴에 안긴다

그러나 그 순간부터 낱말은 훼손되고
썩은 젖을 빨며

꽃과 나무 사이에서
침묵은 한순간도 유혹을 멈추지 않는다

사월, 빛이 잠든 벚나무 꽃그늘 아래
노란 나비 날고

끝에 태어날 낱말은
우리 주검이 누울 차디찬 석관을 개봉한다

포로기

〈검〉은 벽돌이다 ●(金) 딱딱하고 거칠거칠한 〈검〉은 잠이다 ●(土) 이승은 창자를 갖고 층층이 자라는 벽이다 죽음이 외팔이 무사의 모습으로 뒤돌아 서 있다 척추는 좌측으로 굽어 있고 눈엔 녹물이 흐른다 글자벌레들이 살을 파먹는 등엔 일곱의 흉터 구멍이 뚫려 있다 ●(月) 밤마다 구멍에선 예측할 수 없는 것들이 나온다 어젠 노파의 손이 나왔고 낙태된 아기가 나왔다 등나무 뿌리도 나오고 달도 나오고 참수된 자들의 울음이 나팔꽃 형상으로 피었다 진다 ●(水) 〈검〉은 그림자다 육면체다 우물이다 벽 뒤에서 포로들이 식은땀을 흘리며 악몽을 꾸는 소리 들리고 혀가 나온다 내 목을 휘감는 혀 거꾸로 뒤집혀 꿈틀거리는 붉은 밧줄 ●(木) 벽에 박힌 못들이 벌거벗은 낭객의 얼굴로 울고 있다 복부 밑 항문으로 녹물이 흐르고 〈검〉은 날이다 스스로 피를 뱉는 새가 허공을 날자 금가는 시간들 ●(日) 벽의 균열이 척추를 타고 전신으로 퍼지고 있다 이승은 검은 살, 늑골과 핏줄이 자라는 이 시다 ●(火) 딱딱하고 차가운 〈검〉은 불이다 웃음이다 천공의 일곱 북두다 〈검〉은 눈이 온다

붉은 탑

토요일 밤이다 촛불을 들고 그녀의 찻잔 속으로 들어간다 달팽이처럼 흰 지하 계단을 내려가자 금요일 새벽 네시 광장이다 광장 북쪽엔 키리코의 붉은 탑, 착검한 군인들이 빗발 속을 뛰어가고

시계탑 밑에 줄 끊긴 기타처럼 청년들이 광목으로 눈을 가린 채 일렬로 세워져 있다 찻잔은 죽음에 멀미가 난 니체의 표정이다 광인의 귀처럼 떨고 있다 빗줄기 사이로 공습 사이렌이 울리고

점점 커지는 군홧발 소리, 찻잔의 물결이 가늘게 떨며 촛불에 탄다 내 눈동자엔 불면증 앓는 하늘이 흐르고 어두운 공중에서 낙뢰가 떨어진다 피뢰침 음악, 죽은 자들의 죽지 못하는 숨소리

찻잔의 깨진 손잡이로 내려와 발을 베는 구름, 비의 배후에서 홍차에 사람 피를 섞어 마시는 정보부 대령이 온다 각진 얼굴선을 따라가면 보이는 고대 마야의 태양 신전으로 올라가는 계단

적군과 사제를 닮은 비, 대령이 담배에 불을 붙이고 웃자 군인들이 일제히 시계탑을 향해 돌진한다 적색 사이렌이 울리고 찻잔의 갈라진 벽에서 검붉은 오줌이 흘러나와 내 손

등과 얼굴을 적신다

　여긴 도대체 어디죠? 키리코가 도망치며 묻는다 대답 대신 공중에서 온기가 채 식지 않은 청년의 손이 그의 얼굴로 떨어진다 탑 위의 하늘에서 새들이 떼를 지어 원무를 그리고

　그녀의 찻잔은 거대한 밀실, 붉은 방광을 갖고 있다 점령군 탱크의 포신보다 긴 요도를 갖고 있다 악몽을 누는, 광장 동쪽에서 크르릉 장갑차 소리 울리고 갈비뼈 사이사이 총탄이 박히는 탑

　일요일 정오다 창가에서 눈뜬 꽃들이 분홍 잇몸을 드러내고 나를 쳐다본다 달팽이처럼 지하 계단을 거꾸로 돌아 나오자 사람이 증발된 아스팔트 시대다 검은 점심(點心)이다 기묘한 화두다

검은 꽃 탄자니아

들판 여기저기 탄자니아 꽃이 검게 피어 있다 여자는 죽은 아이 아벨을 거적에 싸안고 노을 번지는 언덕을 내려온다 구릿빛 등의 남자는 샘을 파다 운다 인간의 혀보다 두렵고 거친 배신의 땅

작은 돌 사이에서 풀들이 웃고 있다 나는 붉은 천막처럼 펄럭이는 하늘을 배경으로 피 묻은 빨래를 널고 찢긴 마음을 넌다 진흙 논처럼 쩍쩍 갈라진 남자의 눈동자에서 흘러내리는 흙물

공중엔 무쇠 포탄보다 무거운 먹장구름 연대, 여자는 아이를 내려놓고 맨손으로 구덩이를 판다 흙먼지 풀풀 날리는 언덕 위로 아이와 놀던 강의 물고기들이 헤엄쳐와 구덩이 속을 엿보고

남자는 말없이 또 땅을 판다 파고 파고 또 파도 나오지 않는 물줄기와 저린 어깨, 앙상히 뼈만 남은 나무뿌리 밑엔 더 앙상하게 뼈만 남은 노인들 아이들, 들판 저편에서 또 포성이 울린다

거적 밖으로 삐져나온 아벨의 피 묻은 발을 저녁 햇살이 가만히 어루만지고 있다 수시로 포탄이 날아오던 모래 능선 위의 하늘이 유리 사발처럼 쩍 갈라지고 꽃들의 눈썹이

검게 흩날린다

　깊은 땅속에서 똥그랗게 뚫린 하늘을 올려다보는 남자,
저 스스로를 직립으로 매장하려는 걸까 어디서 누가 또 죽
었는지 흰 풀이 비명처럼 돋고, 여자는 거적에 싸인 아이를
꺼내다 울음을 터트린다

　구덩이 왼편 돌 틈에서 죽은 사람의 발을 닮은 꽃이 하늘
하늘 웃고 있다 여자의 가냘픈 숨결처럼 찰랑찰랑 잔물결
일으키며 퍼지는 꽃가루, 약에 취한 새처럼 나는 나조차 알
아들을 수 없는

　잿빛 시를 낮게 옹얼거리며 빨래를 넌다 남자는 계속 땅
속에 둥지 잃은 새처럼 빈 울음으로 서 있고 지옥에서 날아
온 부고 엽서 같은 노란 나비 한 마리 아물아물 구덩이 주
변을 맴돈다

　들판 저편 먼 아시아에도 촛불이 타오르겠지 맨드라미처
럼 빨간 여자의 잇몸, 아이가 꾸던 단꿈이 구덩이에 묻히고
남자는 꽃의 지층 어딘가에 있을 천국을 찾아 더 깊은 곳으
로 파들어간다

광화문

광화문은 광화문(廣火文)
죽은 자의 눈은 미려(尾閭) 품은 땅의 서책이다

파도치는 하늘 저편에서 0마리의 물새떼가 날아온다
불길한 뉴스다
25시 편의점 앞에 네가 없다 네가 없어서

〈없다〉가 웃고 있다
죽임당한 사람의 몸으로 또렷하게 서 있다
예쁜 교복 입고

난 해바라기
하늘을 버리고 추적추적 겨울비 속을 걷는 자
가슴에 종이컵 촛불을 품고 한 걸음 한 걸음 한 걸음

그때마다 아스팔트 여기저기 풀이 돋고
나라 전체가 내 짝퉁 리바이스 청바지 지퍼처럼 뜯어지고
청와대 쪽 하늘이 뻘겋게 물들며 찢겨나간다

그래도 25시 편의점 앞에 네가 없다 여전히 네가 없어서
〈없다〉가 더 사실적으로 웃고 있다
속눈썹 예쁜 친구들과

빗속을 달리는 저 혼불 고양이
고양이 발자국마다 파란 총소리 울고
하늘 저편 어두운 밤바다로 0마리의 물새떼가 날아간다

광화문은 광화문(廣華門)
죽은 자의 등은 미려(美麗) 품은 태고의 하늘이다

국립낱말과학수사원

부검될 변사체 〈없다〉가 보관된 곳은 1연이다
1연은 지하 4층에 있다
빛과 음이 차단된 탈의실에서 부검의 y는 흰 가운으로 갈
아입고
황급히 2연으로 이동중이다
2연은 1연에서 엘리베이터로 1분 거리

엘리베이터가 멈추고 문이 열리자
2연이다 9층 복도를 따라 환자복을 입은 낱말들이
휠체어를 타고 지나다닌다 간호사 둘이
두개골이 함몰된 또다른 변사체 〈있다〉를 실은 침대를 밀며
복도 끝의 5연으로 뛰어간다

y는 장갑과 마스크를 착용하고 3연을 걷는다
사각문을 열고 들어가니 잔디가 깔린 튤립 정원이 나온다
공중으로 알파벳 새들이 날고
목련나무 밑의 벤치에서 외국인 검시관들이 담배를 피우
고 있다
사체의 인적사항, 사건명, 사건 번호, 사건 개요와 일시 등
의뢰서에 적힌 세부 사항들을 확인하는 사이

법의학과 회전문이 반시계 방향으로 돌기 시작한다
도대체 오늘의 부검 대상은 누구야? y는 투덜거리며 침

을 뱉고
　범죄분석실 좌측의 대리석으로 지은 4연으로 들어간다
　바닥에 어제 부검한 〈보다〉의 핏덩이 눈이 엉켜 있고
　〈쓰다〉의 손가락 하나 떨어져 있다

　y는 손가락을 집어 비닐에 넣고 5연으로 이동한다
　금속 침대에 〈있다〉와 〈없다〉가 부부처럼 나란히 누워 있다
　y는 메스로 〈있다〉의 복부를 가른다 물컹거리는 창자를
만지는데
　커튼 뒤에서 검은 옷을 입은 자들이 가위를 들고 나온다
　y의 옷을 갈가리 찢고 그를 질식시켜 6연으로 끌고 간다

　짙은 안개로 뒤덮인 과학수사원 뒤편 숲이다
　y는 계곡에 버려진 채 누구도 발음할 수 없는 낱말이 되
어간다
　살을 파먹는 모음벌레 o와 u가 들러붙어 즙을 빤다 며
칠 후
　한 등산객에 의해 사체는 우연히 발견된다
　오늘 부검될 변사체 〈you〉가 보관된 곳은 1연이다

에셔병원

빛이 검게 싹트고 있다
중앙 707 사체보관실 내 따뜻한 폐에서
이상하다 내가 언제 죽은 거지?
창가엔 꿈이 담긴 빈 컵, 개나리꽃 몽우리가 노랗게 싹
트고
컵의 내부에서 비밀이 새고 있다

아침은 아침마다 새고
은은한 새소리가 개나리 꽃가지를 흔든다
창틈의 빛이 내 눈에 매캐한 연기를 방사하는 비단뱀 같다
이상하다 내가 왜 여기 누워 있는 거지?
누가 날 죽인 거지? 이 깊은 칼자국은

지네 닮은 실밥이 팽팽히 부풀고 있다
죽은 자의 혼백이 제 살을 열어 끔찍한 황궁을 엿보는 시간
나는 나에게서 물러나 내 주검을 내려다본다
죽음은 흰 침과 붉은 오줌이 뒤섞인 시음용 마취제
창밖을 본다 뽈랑공원이다

정문에서 유령 로골로지가 빗자루로 공원을 쓸고 있다
땅에 떨어진 책 『뽈랑공원』을 주워 펼치자
낯선 방문자가 나타난다
좌측으로 3인의 행동대원이 지나가고

형사가 들어와 수갑을 채운다 당신을 살인죄로 체포하겠소 ─

창가의 새들이 탐정 돋보기처럼 떠든다
푸른 환자복과 휠체어가 7층 복도에서 웅성웅성 떠들 때
두 눈이 쌍둥이 블랙홀 같은 병원장에서가
엘리베이터에서 내려 복도 끝의 사체보관실로 들어온다
입에 입을 없애는 마스크 쓴 자들이 뒤따르고

발소리는 침묵을 깨며 이심률이 점점 커지는 타원을 그
린다
휘어진 벽엔 휘어진 옷 휘어진 인체해부도
이상하다 왜 이자들이 나를 먹함수 분석실로 옮기는 거
지?
망각은 기억할수록 점점 모래가 새어나가는 육체의 항문
고무장갑 낀 두 손이 힘껏 내 폐를 열고 있다

아파, 아파요! 하지 마세요!
내가 소리치자 창밖 은사시나무의 새들이 흩어지고
폐허의 황궁 바닥으로 벌레들이 떨어진다
죽지 않는 것은 이미 죽은 것들뿐인 세계
썩은 살에서 기억은 가까스로 입술이 싹튼다 손톱이 싹
튼다

당신

　잘못 펼치셨습니다 그냥 넘기세요 당신은 잘못된 페이지입니다 당신은 당신에 의해 우연히 발견된 사건 현장입니다 당신은 당신 사체가 흰 천에 덮여 있는 골목입니다 당신은 당신의 접근 금지 구역입니다 당신은 지금 무한히 갈라지는 당신 내부에 갇혀 있습니다

　북쪽으로 모자와 시계들이 둥둥 떠다닙니다 남쪽에선 이빨이 썩은 코스모스들이 악취를 풍기며 웃고 있습니다 서쪽에선 고양이들 교미 소리가 계속 들려오고 동쪽에서 아기 울음소릴 내며 비가 내리기 시작합니다

　당신은 이해될 수 없는 장소입니다 당신은 빨간 노끈으로 차단된 검시 현장입니다 당신이 흐르는 시간이 흰 천을 붉게 물들이고 있습니다 당신은 당신의 유일한 목격자, 당신은 영원한 미궁입니다 당신 사체 옆의 당신 사체 옆의 무한 사체들

　잘못 펼치셨습니다 당신은 썩어가는 페이지입니다 당신은 당신의 악취로 파리와 쥐떼를 부르는 기이한 골목입니다 당신은 죽어서도 음모와 발톱이 자라는 도형, 당신은 무한히 갈라지는 무한개의 폐곡선입니다 찢어버리세요

어휘 공화국

〈담배〉를 낮에 태운다
〈담배〉는 타지 않고 낮이 낮에 베여 수영장이 불탄다
〈담〉의 우측 배를 넘어 하늘로 도주하는 소떼
〈배〉의 좌측 담에 부딪혀 침몰하는 배

〈금연실〉과 〈끽연실〉이
라이터로 서로의 눈에 불을 붙이고
〈어제〉를 태우고 있다
공관 집무실에서

〈어제〉에 돌돌 말린 비명과 통곡을 연기로 흩뿌리며
〈핀다〉가 키득키득
〈우리〉를 핀다

서로의 썩은 눈알 속에서 꿈틀꿈틀 기어나오는
돈벌레들 생생히 목격하면서
〈안 핀다〉도 핀다 그러자

광장이 불타오르고 한 아이가 익사한다
거리가 불타오르고 두 아이가 익사한다
새들이 불타오르고 세 아이가 익사한다

〈담배〉가 우리 대신

우리의 흰 피를 흘리고 있습니다!
광장에 운집한 제3세계 부사들이 너도나도 일제히
〈엄중히〉의 불탄 입술로 외치자

한 번도 핀 적 없는
능동태 담배를 입의 중앙에 물고
〈말한다〉가 〈말한다〉의 배를 칼로 찌르고
〈말한다〉를 시작한다

거짓 〈혁명〉은 광장 바깥에서 검게 타
거짓 〈하늘〉이 되고 〈바다〉가 되고 〈땅〉이 됩니다
온 세상을 다 품어 텅 빈 공화국
〈모든〉이 됩니다

〈담배〉를 태운다 우린 우리의 관 속에서
악몽이 태운다 우릴, 우리의 까마귀 새장인 세상에서
〈정부〉가 우릴 속이고
우리의 눈을 태우고 봄을 태우는 사이

〈담배〉를 빠는 내 입술만
온 힘을 다해 반도의 유두 끝에서 불타고
〈담〉은 점점 높아져 철옹성이 되고 제2의 제3의 제4의
〈배〉는 계속 침몰중이다

〈담배〉는 영원히 타지 않고 아파트 상공에 뜬
구름이 불탄다
바위가 불탄다
광풍과 폭우를 휘몰아오는

얼음 〈담배〉를 태운다
얼음 〈연기〉를 내뿜자 〈무궁화〉 속에서 탱크들이 나온다
기관포가 나오고 착검한 그믐달이 나오고
기갑부대처럼 〈웃는 발〉이 나온다

어휘 공화국

〈닭〉은 닭에 갇혀 있다
〈닭〉은 달의 망실된 기억을 품은 역사책이고
〈닭〉은 죽음의 장터에서 썩은 알과 밀매되고 있다

그것은 수족이 잘려 공중을 떠도는 유령선
그것은 마른 이끼로 뒤덮인 묘비
그것은 역모로 벼슬이 잘린 충신들의 가택 연금이어서

쌍둥이 재상 〈공포〉와 〈영생〉을 양날개로 가진
국왕이여 닭대가리 사전이여
백주에 잠에 취해 그네 타는 왕이여 국어의 왕이여

〈하거나〉가 〈되도록〉 염주 꽃을 피울 때
〈게다가〉가 〈할수록〉 흰 국화의 굴욕적인 얼굴로
〈하는데〉가 〈가리킨〉 살을 강철 가시로 뚫고 비웃는데

이 모두가 죽은 자들의 앙칼진 피니, 혹한의 여름
〈그리하여〉가 〈마침내〉와 함께 목이 참살되어도 메두사
처럼 되살아나는
간신배들의 간과 신과 배, 야합의 기나긴 정사

〈가리키기에〉는 이미 손가락이 없었고
〈칠해질수록〉은 내 백지 속 처형장으로 걸어오는 눈사람

〈하품하면서〉가 입을 꿰맨 흑장미를 게울 때

오 왕이여, 닭대가리여
오 대명천지에 어휘귀신이 우는 나라여
너무도 비(非)인간적인 비(悲)인간적인 닭 피의 번제여

가출 소동

갑자기 가출했다
슬그머니 가출했다
자다 가출했다
울다 가출했다
부사들이 가출했다
동사들이 가출했다

고양이 가출했다
앵무새 가출했다
자전거 가출했다
피아노 가출했다
구두도 의자도 악기들도 가출했다
사춘기를 맞은 사물들이 가출했다
행렬이도 행갈이도 연갈이도 가출했다

이상한 사건들이 돌아왔다
이상한 거리에 촛불들이 행진하자
이상한 당국이 이상한 비를 뿌렸다
이상한 거리에 말들이 소들이 거닐자 하늘에서
이상한 돌들이 떨어지고 그물이 떨어졌다
이상한 폭탄 MB(Mad Bomb)가 날아다녔다

애들아! 밖은 너무 위험해

이 엄마가 잘못했다 빨리 돌아오렴!
눈이 빠지게 기다리고 있단다
하지만 함기석씨, 오랜만에 아주 행복해졌다
얘들아! 절대로 돌아오지 말아라
눈이 빠지게 기도하고 있단다
그날 밤 함기석씨도 두 아이와 접속사 타고 가출했다

‘가 헤엄쳐가고
’가 헤엄쳐왔다 수천 마리 올챙이들
“가 날개를 파닥이며
”가 까맣게 떼 지어 날아갔다

이상한 백지 나라 이상한 구름에서
이상한 소뿔이 솟아나 거꾸로 자라고
이상한 옷을 입은 이상한 재판관들이 아이들을
이상한 토끼 굴 속으로 잡아가 무서운 일을 벌였다
이상한 울음이 양파에서 피어났다
이상한 웃음이 양국에서 피어났다

남의 침묵*
—개성공단 폐쇄 및 UN 결의 뉴스를 지켜보던 어느 풍산개의 한숨

남은 갔습니다 아아 사랑하는 나의 남은 갔습니다

푸른 산빛을 깨치고 단풍나무 숲을 향하여 난 개구멍 길을 걸어서 참어 떨치고 갔습니다

황금의 꽃처럼 굳고 빛나던 옛 맹세는 차디찬 티끌이 되어서 한숨의 미풍에 날아갔습니다

날카로운 첫 키스의 추억은 나의 운명의 지침을 돌려놓고 뒷걸음쳐서 사라졌습니다

나는 향기로운 남의 말소리에 귀먹고 꽃다운 남의 얼굴에 눈멀었습니다

사랑도 개들의 일이라 만날 때에 미리 떠날 것을 염려하고 경계하지 아니한 것은 아니지만 이별은 뜻밖의 핵이 되고 놀란 가슴은 새로운 슬픔에 터집니다

그러나 이별을 쓸데없는 눈물의 원천을 만들고 마는 것은 스스로 사랑을 깨치는 것인 줄 아는 까닭에, 걷잡을 수 없는 슬픔의 힘을 옮겨서 새 미국의 정수박이에 들어부었습니다

우리는 만날 때에 떠날 것을 염려하는 것과 같이 떠날 때에 다시 만날 것을 믿습니다

아아, 남은 갔지만은 나는 남을 보내지 아니하였습니다

제 곡조를 못 이기는 사랑의 노래는 남(南)의 침묵을 휩싸고 돕니다

* 한용운 〈님의 침묵〉 변용.

OK 레스토랑의 결투

접시에 놓여 있다
K의 머리 O가 눈을 뜨고

접시 앞에 앉아 있다
머리 없는 K가 총잡이의 포즈로

반으로 자를까요?
오른손의 미국산 나이프가 묻는다

찍어서 붙일까요?
왼손의 중국산 포크가 묻는다

사드(Thaad) 백작의 초상화가 걸린
카운티타운에서 카운트다운이 시작된다

10, 9, 8, 7, 6
촛불이 입술부터 타고 있다

5, 4, 3, 2, 1
촛불이 혀끝까지 타고 있다

전투적 기계식물 무궁화

기계식물 무궁화, 이 시 속에 나는 납치되어 있다
녹명(鹿鳴)의 사슴 자태로
낮이 끝나는 방향으로 뿔은 자라고, 새는
하늘을 빼앗기고 있다

나는 납치된 어휘다
구이고 절이고 행간으로 도주중인 강물이다
새가 난다
날개 빼앗긴 새가 뜻을 빼앗긴 하늘로

독이 퍼지고 있다
새의 개구간 (나, 세계) 속 모든 원소들의 집합 전쟁
눈먼 시계로 세계를 재는 시계공아, 나는
내 주검의 이자고 부채다

갑자기 하늘이 태극 물결로 길게 찢어지면서
구름에서 냉동고가 떨어지고
디자인하우스 센텐스 5공간이 광활히 펼쳐진다
초대하지 않은 자가 행동하고

로즈가 로즈로 살던 집 로즈가 보인다
울타리라는 울타리부터 불길이 솟고
기둥이 불타고, 부리도 날개도 없이 유랑하는 새

슬픔의 이자체로 까마귀떼 난다

세월은 말 탄 자
침묵이 죽은 자의 입에서 출항해
산 자의 귀로 귀환하는 비밀 여객선이라면
하하하 난 죽음이 보낸 첩보원이고 생환 불가능한 스파이

무궁, 무궁, 쿵쿵! 밤마다 백안(白眼)이 춤추는
이 시 속에 너도 납치되어 있다
이 서늘한 꽃그늘이 구토의 전장이니, 기계식물 무궁화
이 폭군과의 계속되는 환각 전쟁

무궁, 무궁, 탕탕! 저 미친 꽃들이
땅에서 솟아난 손이라면
하하하 우린 모두 비유가 사라진 입
이 땅은 사슴 살이 뿌려진 숲, 귀신들의 사냥 놀이터

누가 우릴 납치해 이 시의 구와 절, 반복되는 숨
운율과 여백에 가두어놓았을까
세계는 심장 없는 시, 허나 쿵쿵 심장소리 천지 사방 울
리니
어떻게 이 시 속에서 탈옥할 것인가

귀뚜라미 다비식

입이 탄다
눈이 타고 귀가 타고 심장이 탄다
화장은 몸이라는 미궁의 천체, 그 아름다운 지도를 태워
하늘로 재를 돌려보내는 기산(奇算)이다

불속에서 귀뚜라미 울음이 한 채 한 채 타고 있다
그것은 우주 저편 먼 얼음의 별에서 울려오는
히페리온의 아픈 잠
다비의 담 뒤꼍에서 어린 귀뚜라미들 울고
말과 침묵 사이에서

나는 본다
죽은 귀뚜라미 얼굴에서
끝끝내 타지 않고 나를 보는 두 개의 눈동자
거기에 거꾸로 착상되어 떠오르는
삼천대천세계를

전생과 내생 사이로 불길하게 흐르는 불
하늘과 대지 사이로 빗물에 섞여 흘러가는
죽은 자들의 살과 뼛가루
죽은 자들의 납덩어리 같은 웃음소리
이 모든 것의 함수 f와 역함수 f^{-1}의 가혹한 존재 조건들

귀뚜라미 몸이 타고 있다
오늘도 역사책은 흙먼지 휘날리는 트로이 성벽에
찌그러진 투구와 함께 헥토르의 머리처럼 나뒹구는데
한 장의 마른 낙엽 위에서
죽은 귀뚜라미 덮은 십일월의 하늘과 땅이 한몸이 되어
창백한 백지처럼 불타고 있다

연기는 죽은 자들이 땅에 누워 하늘로 흘리는
기체의 눈물이자 흰 꿈
시간은 지상의 인간을 상수 C로 소거시키는 기이한 대수
방정식
귀뚜라미 타는 몸에서 불붙은 새들이 날아오르고
주판알들이 계속 튕겨나간다

입이 탄다
우리의 손발이 얼굴이 타고 몸통이 타고
재의 치마 속에서 금빛 실들이 나와 햇빛과 몸을 엮는다
누가 돌리는 걸까
저 아름답고 아픈 가을볕 속의 황금 물레

나르코 테스트

국어사전은 곡률 플러스 육(肉)이다
국(國)은 입속의 혹, 붉은 뱀 손잡이가 달려 있고
어(語)엔 두 개의 사각 구멍이 뚫려 있다
두 구멍에 두 눈을 박고 안을 엿보니, 기묘한 묘실이다

대한민국예술원이다 창자들이 심각하게 엉켜 있다
천장은 출렁출렁 썩은 바다고
좌측 벽엔 블랙홀이 돌고 우측 벽은 백색 사막이다
책상 위에 놓인 거울이 굳은 간을 꽉 붙잡고 놓아주지 않
는다

마네킹 군의관 둘이 서로의 혀를 잘라 공중에 날리고 있다
하나는 약물에 취한 어휘인간이고
하나는 입술이 뜯겨나간 늙은 음소여인이다
그들을 쳐다보며 벽시계는 얼굴 반이 녹아내렸다

폭풍에 휩싸인 천장에서 별들은 반복적으로 색을 뿜고
탁자엔 깨진 꽃병 둘 시인과 화가처럼 놓여 있고
살로 된 책들이 돌탑처럼 층층 쌓여 있다
겔처럼 움직이는 방, 신음하며 암소처럼 방을 낳는 방

프로파일링 한 마리 두 마리 세 마리 네 마리
방은 자라 무한히 방을 낳고 계절과 생사를 순환시키고

숲과 도시, 천지와 세계를 돌고 돌면서 물컹거리는
내가 들어서자 깨어지는 몸 깨어지는 폐

말레이시아 군도처럼 흩어져 둥둥 떠다니는 눈동자들
나는 강요받고 있다 빛과 먼지와 어둠이
내 꿈에 무서운 낙서를 하고 있다
기묘한 생물이다 산 자는 없고 점점 귀가 부푸는 방

마이너스 세계로 곡률 이동중인 창밖 도시
현대백화점 옥상에서 하늘이 새의 발톱을 흩뿌리고 있다
죽은 어미 곁에서 할딱거리는 송아지의 흰 입김 같은
첫눈이 내리고, 잘라라 나의 모든 대가리들

한국병원

무궁화나무에서 벚꽃들이 왕관처럼 하얗게 웃고
〈있다〉가 즉위하자—흙은 즉시 내 눈을 매장하라

성당이 검은 하늘을 장전하고 땅의 심장을 겨누고
〈있다〉가 저격되자—흙은 즉시 내 손도 봉인하라

밤은 저격소총 방아쇠가 달린 숲, 화음의 화간으로
〈없다〉가 옹립되자—좌우로 수평선을 작도하는 x

응급실에서 EXIT 밤하늘로 날아가는 사람 혼령들
〈없다〉가 폐위되자—남북으로 수직선을 작도하는 y

병원 뒤뜰 화단에선 계속 새들이 격발되는 소리
●●● 울고 울리고—오늘밤 신은 어두운 함수다

반도의 대지는 왜 내 깁스한 발을 깨는 침묵인가
〈역사〉가 눈을 뒤집자—스스로를 목맨 무궁존자여

나무는 혼령 지도, 죽은 자들이 지상으로 내미는 팔
〈난다〉는 천지를 날아—흙은 죽어 두 눈이 부활하라

음시

오늘밤 장미는 세계의 반(反)기획이다
죽은 자들의 죽지 않는 발이 해저를 걷고 있다 그것이 내
몸이다
천둥이 천상에서 지상으로 아픈 발을 뿌리내릴 때
소리는 빗물이 꾸는 가시 꿈, 사방에서 악의 술어들이 취
하고

우리는 우리의 주검에 핀 살의 현상이고 음시다
수천의 혀를 날름거리며 피 흘리는 사전, 그것이 내 몽
이다
에포케(epoche)씨가 살로 세계를 쓸 때, 끝없이 제 살을
찢어 흰 숨결에 섞는 파도
그것 또한 내 몸이니, 연기 내며 비는 귀부터 타오르고

오늘밤 장미는 견고한 유머고 종이 요새다
벼락 속에서 지상의 모든 이름을 버린 어휘들이 태어나
웃을 때
섬광으로 피는 꽃들은 혼들의 무수한 편재다
백(白)과 골(骨) 사이, 밤은 늘 검은 수의를 입고 창가를
서성이므로

거대한 홀이 뚫린 이 세계의 중앙국 음부에서
(이 괄호 안의 세계가 open임을 증명할 수 없다)는 제2의

─ 주어
  당신은 언어 속에서 살해되는 ING 생체다
  (이 비극의 괄호 밖 세계도 open임을 확증할 수 없다)는
제3의 주어
  나도 이미 언어 속에서 화형중인 ING 사체이니

  장미는 장미의 유턴이고 돌에 고인 번개다
  장미는 시가를 물고 흑풍 속에서 백발을 흩날리는 양초
인간
  이 비극을 빗줄기는 흰 척추를 드러낸 채 밤새 대지에 음
사하는데
  이 참극을 새들은 살을 흩뿌려 잠든 잠을 깨우는데

  망각되지 않는 어휘들, 오랜 연인처럼 내 살 속 해저를 걷
고 있다
  죽은 자들의 목이 해파리처럼 수면으로 떠오르고
  절벽 위엔 팔만사천 개의 손들이 공중을 한 장 한 장 찢
어 날리고
  흰 사리 문 목어들이 북천에서 헤엄쳐오니

  오늘밤 장미는 불의 유마경, 얼음의 유머경이다
  산 자들의 죽은 발이 꽃밭을 걷고 있다 그곳 또한 내 몸
의 적도이니

─

044

에포케씨는 펜을 던져, 천둥이 살던 지하의 관시를 파묘 ―
하라

악의 숲이 번지고 번져 닿는 저 세계의 실뿌리들

―

공간 W

서해에 와서

1
방파제에 기린이 서 있다

무얼 바라보는 걸까
누굴 생각하는 걸까

날마다 목이 길어지는 키다리 등대 아저씨

2
바다에 심장이 둥둥 떠 있다

누가 던진 걸까
누구 몸에서 떨어진 흰 살점 나비들일까

파도에 이리저리 흔들리는 예쁜 국화꽃들

3
바닷속에서 계속 총소리 울린다

탕!
탕!
탕!

아이들 울음소리 같고 비명소리 같은 찬 물소리

（　　　　）

고도 12000피트
　　제목이 보이지 않는다
고도 9000피트
　　제목이 하늘에서 떨어진다
고도 7000피트
　　제목이 구름을 통과한다
고도 5000피트
　　제목이 새들을 통과한다
고도 3000피트
　　제목은 세 개의 점이다
고도 2000피트
　　제목은 세 개의 입체다
고도 1000피트
　　제목은 세 개의 육체다
고도 500피트
　　제목이 빠르게 낙하한다
고도 200피트
　　제목은 Marine Shark Team
고도 Zero(0)
　　제목이 바다로 잠수한다
고도 Minus(-)
　　실종된 주검들을 찾아서

쌍둥이 유령 로골로지와 야골로지의 대통령 국회 국
정연설문 교차 낭독

졸려 하는 국민 여러분!
국회의 장님과 동네 의원 여러분!
저는 오늘, 모음이 음모로 뒤바뀌고
자음이 야음에 불규칙 적 규칙 적으로 둔갑하고 실종되는
북한의 햄 실험과 미사일 설사에 따른 한반도 앞니가
고자되고 있는 상왕께서
국민 여러분의 불알과 성주 곶감에 대해
정부의 대처 방울을 실명드리고 국회의 염력과
동침을 당부드리고자 이 자라에 섰습니다

                    흠, 흠, 흠
            한북은 리우 부정과 제국 회사의
            거듭된 대변과 구경에도 구불구불하고
미개한 개미나 남장한 장남처럼 어순 대가리를 역치시켜
        새해 두벽부터 4차 햄 실험을 감형하여
        한반도는 물론 전 계세 화병에 대한 대기에
            정전 면도를 했습니다
                그래서 저는
        야채와 과일을 곳곳에 삽입하여

지금부터 홍당무 정부는
북한 애호박 정권이 햄 개발로는 생존할 수 없으며
오히려 고구마 체제 붕괴를 재촉할

감자뿐이라는 사실을
시금치보다 뼈저리게 깨닫고
총각무 스스로 변화할 수밖에 없는
바나나 환경을 만들기 위해 보다 강력하고 실효적인
개똥참외 조치들을 취해나갈 것입니다

졸려 하는 국물 여러분!
저는 또 동물 소리를 삽입하여
어떠한 일이 있어도
멍멍 대한민국과 꿀꿀 국민 여러분의 키위를
뻐꾹뻐꾹 지켜낼 것입니다
깽깽 국민 여러분들께서도
꼬끼오 정부의
단호한 맴맴 의자와 음매 대응을 믿고
함께 힘을 으르렁 모아주실 것을 삐악삐악
간곡히 당부드립, 드림, 드럼

그래서 저는 이제 드럼 스틱을 전후좌우 탕탕 쳐서
앞으로 정부가 개성공단 뒤로 가동을
앞으로 전면 중단하기로 뒤로 결정한 것도
북한의 앞으로 햄과 미사일 뒤로 능력 고도화를 막기
위해서는…… 저는 앞으로 뒤로 아프로디테!
잘려 하는 국민 여러분!

이제는 앞으로 싸고 뒤로 먹는 시대인지라
궁둥이는 앞으로 내밀고 배는 뒤로, 뒤로, 뒤로 빼는
노력을 해야만 했습니다

그때 하늘에서 꽃잎처럼 날아드는
노랑혼령나비(학명 Anindemerong) 팔랑팔랑 춤추니
존경하는 국민 여러분! 아닌데메롱
저와 정부는 북한 아닌데메롱 정권을 반드시 변화시켜서
한반도에 진정한 아닌데메롱 평화가 깃들도록 만들고
지금 우리가 누리고 있는 아닌데메롱 자유와
아닌데메롱 인권, 번영의 과일을
북녘땅의 주민들도 함께 누리도록
Anindemerong해나갈 것입니다
감사합니다!

자책한 과부가 부과한 책자
─전대미문의 문미대전

회문(回文)국 국왕 론을 뒤집어 검시하자
굴이 발굴됐다
굴은 총길이 416m 창자, 기나긴 악몽의 해협이었다
야음에 비밀 잠수함이 지나가는

론의 눈에서 독 묻은 탄환이 나왔다
탄환은 웃으며 자기는 론을 죽이지 않았다고 주장했다
론의 찢긴 목구멍에선 푸른 가시벌레들이 계속 기어나왔다
항문에선 흰개미들이 쏟아졌고

신하들은 국왕의 죽음을 미화할
전대미문의 문미대전을 대대적으로 작란하기 시작했다
굴에선 계속 흡혈박쥐들이 날아올랐고
왕국의 하늘은 황량한 노을로 뒤덮인 위조 지도가 되어
갔다

검시관이 론의 입에 손을 넣었을 때 처음 닿은 것은
물컹한 혀, 흑갈색 파도가 문신된 13cm 페니스였다
론의 성기는 죽어서도 웃고 있었다
그 소름 끼치는 말뚝 웃음 저편 까마득한 저승 서해에서

몰살된 아이들의 노랫소리가 밀물로 울려왔다
바로 그때 왕국의 수도 바위산 아래 론의 일가가 살던

푸른 기와의 궁궐이 보였다
궁은 나풀거리는 회문(回文)의 책자였고 13부로 되어 있
었다

1부 건조할 조건
빨간 속눈썹 달린 개 두 마리가
거울 앞에 선 여왕의 궁둥이를 쿵쿵거리며 살살거렸다
호호 Madam I'm Adam 호호
밥그릇처럼 무덤만 즐비한 벌판을 바라보며 여왕은 독백
했다
꽃도 염문도 법도 역사도—다들 잠들다

2부 위대한 대위
웃는 백치여왕 adada 목엔 두 개의 장식용 머리가 달려
있었다
여야처럼 좌우처럼 전쟁은
불길이 끝나지 않고 정치적 섹스는 계속되었다
오래전 아버지 론이 대공조사실에서 어린 열사들의 눈
을 태워
빨강괴물 그림자놀이를 즐길 때처럼

3부 다 모호한 호모다
왕은 왕이어서 왕왕 Cooing과 Babbling 혼자만 놀았다

그리하여 〈나〉라는 〈나라〉는 항문 가득 파리가 알을 슨
변사체
　　그리하여 역사는 발작중인 회문(回文)의 회문(會問)
　　입과 꼬리가 뒤바뀐 하마처럼
　　뇌물 먹다 뇌에 물이 괸 코 없는 코끼리처럼 끼리끼리

　　핏기 없는 꿈들이 날마다 서해로 흘렀다
　　굴을 뒤집자 론의 텅 빈 폐에 백야의 어둠이 가득했다
　　론의 사체에서 독재자 론(Lone)이 대를 이어 부활했고
　　회문(回文)국의 모든 음악과 춤과 시는 감옥에 투옥되어

　　어두운 회문(回門)이 되어갔다
　　거리마다 죽은 아이를 안은 여자들이 실성한 버드나무처
럼 거닐었다
　　그들은 모두 무덤을 빠져나온 핏덩어리 구름들
　　불구의 땅이 낳은 불구의 해와 달과 별

　　〈나〉라는 〈나라〉는 눈알이 검게 썩어들었고
　　아홉의 검시관은 전대미문의 시체 사건을 최종 판결했다
　　대지엔 론의 기나긴 악행이 음담의 패설로 새겨졌고
　　땅의 곰팡이들이 빠르게 하늘로 번져갔다

　　곰팡이들의 미친 웃음소리 따라

야사의 계절이 바뀌고 또 바뀌고
죽어서도 눈이 감기지 않는 아이들은 모두 물새가 되어
굴의 폐쇄된 해저 깊은 곳으로 날아갔다
마침내 굴의 반대편이 나왔다

가슴에 노란 리본을 단 사람들이 울고 있었다
촛불이 타는 반도였다 반도는
자책한 과부가 부과한 거대한 악의 책자였고
또다른 전쟁으로 4부 5부 6부 이후의
모든 서사는 불타 있었다

연인

─1차원 여야의 2차원 나체 침실, 한여름 밤의 자장가 또
는 체위 연습

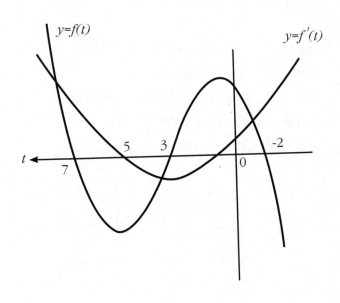

연인
―분터골 매장지 유골 분석함수, 라인이 된 혼령들의 라임

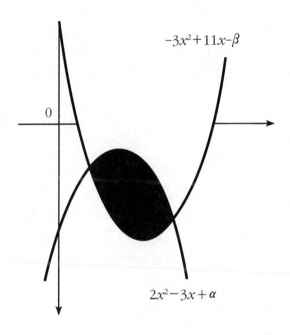

$$-3x^2+11x-\beta$$

$$2x^2-3x+\alpha$$

* "1950년 7월 초, 경찰과 국군은 충북 청주 청원 지역 보도연맹원 700여 명과 청주형무소 재소자 300여 명 등 1000여 명의 민간인을 불법적으로 집단 학살한 후, 충북 청원군 남일면 고은리 분터골 일대에 암매장하였다. 2007년 7월, 진실·화해를위한과거사정리위원회는 사건 발생 57년 만에 공식적인 유해 발굴 사업을 실시하였으며, 당시 분터골 일대에서는 70여 구의 희생자 유해와 수십 점의 탄피, 옷, 단추, 고무신 등 다수의 유품이 수습되었다."(오마이뉴스, 2018.03.16.)

오공초등학교 조회 시간

에에에, 훌륭한 어린이는 국가와 사회에, 에에 거 뭐시냐

교장선생님
높디높은 교단 위에서 삼십 분이 넘도록 애국과 계몽의 말씀
한 말 또 하고 또 하며 지껄이시는 대머리 독수리 장군님

아래

하　　　아　　　품　　　하　　　는
소년소녀　소년소녀　소년소녀　소년소녀　소년소녀
소년소녀　소년소녀　소년소녀　소년소녀　소년소녀
소년소녀　소년소녀　소년소녀　소년소녀　소년소녀
소년소녀　소년소녀　소년소녀　소년소녀　소년소녀
소년소녀　소녀소년　소녀소년　소년녀소　소년소녀
소년미친　소녀소년　소년년소　소녀아씨　소년으씨
소녀크크　소년놈들　소년년들　소녀놈들　년소변소

뒤에

잠자는 꽃들 나무들 구름 미끄럼틀 철봉대 자전거
큰 소리로 코를 고는 운동장
따가운 햇볕 졸린 하늘 지겨워 지겨워 지겨워 그만 내려와!
투덜투덜 일터로 가는 벙어리 개미들

게으름뱅이 건축가

나는 게으름뱅이다
발표한 시들을 늘 너무 늦게 묶어준다
2008년 3월에 지은 집『뽈랑공원』에 입주한
「코 없는 방에서」는 1998년『현대시학』에 발표한 시로
그때도 10년이라는 침묵의 시차에 시달렸고
오랜 시간 고독을 견디어준 시들에게 미안했고 서러웠다

이번에도 역시 난 지각 대장이다
2009년『문학과사회』봄호에 발표한「중복」은 13년
「가출 소동」은 14년,「숫자族의 습격」은 15년
「사라지는 벽 뒤로 사라지는 피사체들」은 16년
「국립낱말과학수사원」은 11년이 지났고
「접속家의 네 마녀들」은 딱 10년, 모두 외로웠으리라

나는 늘 시차가 낳는 환각을 앓고 있다
이번 시집을 짓는데 끝까지 넣어달라고 투덜거린 자가
1997년『문학예술』에 발표한「이상한 난쟁이 공화국」이다
당시 난 삼당야합 한 정부의 실정과 무능이 못마땅했는데
25년이라는 시차를 백지는 어떻게 견뎌낼까
나의 오랜 동거자 로골로지의 목소리를 다시 들어본다

　한 난쟁이가 파란 기와집으로 들어가 문왕(文王)이 되자
　현(賢)명한 철(哲)학을 공부한 아들놈이

개가 냉면을 말아먹듯 나라를 말아먹고
백담사에서 하산한 대머리 백구는 서대문 개집으로 들어가
오공(五共) 오공(悟空) 손오공!
중얼중얼 면벽수도 하며 발모제를 바른다

어느 난쟁이 의원님은 스위스 은행이 정부(情婦)고
어느 난쟁이 의원님은 골프장과 요정이 국회다
이 나라의 정부는 정부(情夫)고 정부(情婦)다
이 나라의 정부는 정부(正否)가 없다

벌거벗은 일곱 난쟁이가 한증탕에서
제 불알을 까듯 슬쩍 노동법을 까 뜯어고치고
불알을 털듯 뚝딱 안기부법을 탈탈 뜯어고치자
공장의 백설공주들은 단식투쟁을 시작하고
이 나라의 모든 들판과 산맥들은
삭발을 하고 철야 농성을 한다

빈 밥그릇 같은 청문회가 계속된다
이 나라의 청문회는 맛이 간 청어회다 문어회다
배고픈 파리들만 달라붙어 쪽쪽 빤다

모든 장소가 새로운 이름을 갖는다
학교는 감옥 경찰청은 허수아비

국회는 돼지우리 경제기획원은 경제오락실
모든 장소가 모든 장소이길 포기한다
산과 강은 얼음으로 변하고
도시는 외눈박이 응급실이 되고
이 나라는 피 흘리는 붉은 묘지가 된다

빈 수박 통 머리에 쓴 살찐 돼지 *299*마리가
여의도 꿀꿀 의사당에서 합창한다
아름다운 난쟁이 공화국
만세! 만세! 만세!

낱말 전쟁

우린 광음을 간직한 악보고 바람이다
새벽이 안개로 짠 무쇠 갑옷을 입고 있다
궁상각치우 5인의 무사들이 진흙 강을 도하해 귀곡성 성
벽을 오른다
새들은 돌이 되어 날아가고 국가는 왜

계급적 착취와 억압의 성인가, 빛들이 참수되고 있다
아침은 태음을 낙태한 육체고 반역의 음계이다
음표병사들이 적들의 깃발 아래 불타고 있다
공중으로 불붙은 사다리가 깔리고 날아드는 화살들 창들

합창이 시작되자 도륙이 시작된다
독공이 키운 어휘새가 붕새의 날개를 편다
만 권의 경전을 안고 일제히 강물로 뛰어드는 궁녀들
풍경은 소음을 소거하는 더 큰 소음의 악기

불길이 번져온다 도도한 물결을 이끌고
말발굽 소리가 들을 건너 꿈속까지 밀려든다
대지는 가시투성이 눈을 뜨고 아침이 백마 타고 입성한다
바닥엔 목이 베어진 낱말병사들

우린 휩쓸려간다
백지는 우리의 목을 조르는 손이고 비명의 육체

가왕은 나를 참수할 검을 뽑는다 나는 굴하지 않는다
색채를 지우는 눈보라 악보가 하늘에 펼쳐질지니

명제산

〈市〉는 갓을 쓴 외발의 검객
〈夢〉은 머리에 풀이 돋은 그의 말
국왕 무력(武力)의 칼에 맞아 명제산으로 피신한다 시몽!
기억하는가? 630년 전
1392년, 선죽교에서 피살된 정몽주의 사체와 백성들

(i)年, 말이 몽주의 유서를 물고 자동사에 닿다
자동사는 고려시대 사찰이다 제5공화국과 배열과 시제가
반대인 대웅전을 갖고 있다 동자승 비명이 탑을 돌 때 삶의
모습을 한 정언(定言) 스님이 탱화에 쓴다 모든 독재자는 죽
는다 담은 이성계의 포즈로 수심에 차 있고 탄산음료가 엎
질러진 사체 속에서 빚은 기포를 찌르며 논다 한 개의 향불
(i)로 타오르는 혼령, 비명은 소리 없이 탑을 돌고

(ii)月, 열두 마리 황소가 선방에서 나오다
살과 물, 향냄새를 따라가면 육각형 법당이 나온다 높이
6미터의 쇳덩어리 부처로 변장해 있는 군견은 선언(選言)
스님의 화두, 법당 천장에 쓴다 모든 독재자는 죽거나 죽
지 않는다 뜻은 폭주 오토바이들이 달리는 제6공화국의 겨
울 야경 속에 은닉해 있다 거머리들은 피를 빨고 두 개의
향불(ii)로 타오르는 혼령, 법당의 외심과 내심 사이에 비명
이 서 있고

(ⅲ)日, 스물네 마리 까마귀가 하늘을 돌고 돌다

가언(假言) 스님이 두 행자 〈보다〉와 〈쓰다〉를 부른다 어
린 사형수 차림으로 함께 토굴에 들어가고, 모든 말이 어
두운 핏물이 되는 시간이 반복된다 말과 절과 사람 사이에
서 대지와 나무와 풍경 들은 검게 녹아 흐른다 깎아지른 계
곡엔 폭포, 물안개 속에서 알몸의 비구니가 달과 몸을 씻
고 있다 세 개의 향불(ⅲ)로 타오르는 혼령, 비명은 다시 탑
을 돌고

(ⅳ)時, 말은 타동사에 혀를 봉헌하고 유서를 불태우다

타동사는 자동사 반대편 기슭의 비구니 사찰이다 거머리
공화국인 제10공화국과 배열과 시제가 반대인 윤곽을 갖고
있다 밤마다 비구승 윤회가 울음으로 탑을 돌 때 흑뱀 모습
을 한 묵언(黙言) 스님이 법문을 지우고 음화를 그린다 담
은 영화감독 봉준호 포즈로 수심에 차 있고 탄산음료가 엎
질러진 사체 속에서 빚은 기포를 쩌르며 논다 윤회는 계속
탑을 돌고

〈市〉는 갓을 쓴 외발의 시인

〈夢〉은 머리에 사슴뿔이 돋은 그의 말

국왕 무력(武力)의 칼에 맞아 욕창을 앓고 있다 시몽! 망
각했는가? 630년 후

2012년, 4대강에서 피살된 어인(魚人)들의 기나긴 전생

밀지

〈부르튼 입〉이 오기(誤記)된 용상 위에 앉아 있다
그것은 어휘고양이
그것은 빈 칸(Khan)이고 검은 발이어서 흰 걸음으로
지붕 위를 걷는 보름달

반쪽은 사람이고
반쪽은 삶인 야음(夜陰)의 정사다
피부 전체에서 노란 까마귀 핏줄이 흘러내리는
왕궁의 밤하늘

축시 무렵, 이복의 두 공주
〈우아한〉과 〈단아한〉이
선왕의 사전에 읍소 후 지하 무덤 돌계단을 내려가니
저잣거리마다 저승이다

내 시엔 내시가 고개를 조아려
척살된 선왕께 영웅서사시를 읊조리는 환관 간신 시인들
폐하! 폐하의 무력 왕국이 부활하여 영원하리니
폐하! 태양처럼 빛나시는 폐하

그사이 난 썼다 말들의 멸국유사(滅國遺事)
〈방랑하는 눈〉이 국경을 넘어 이백을 죽이고
〈차단하는 귀〉가 국사를 태워 오백의 나한을 불태우고

〈부르튼 입〉이 오독(誤讀)된 용상에서 끌려내려와
미치광이 꽃처럼 발광할 때

세상의 모든 입을 고요한 풀잎으로 도리는 시
한때 왕의 충복이었던 어휘들
한때 왕의 애마였던 낱말과 정승들
사색(死色)을 사색(思索)하는 천지의 빛과 어둠과 눈물로

들어라, 성문 안의 백성들아
말의 전염병이 색욕처럼 퍼져 줄줄이 죽어나가고 있나니
조정의 모든 문을 폐하고 왕궁을 불로 멸하여
용상의 역사를 상용의 사약으로 삼아
항시 재를 음복토록 하라

동의 말은 눈동자부터 울혈이 터지는 악귀고
서의 말은 음란한 밀물이고 썰물이니
남의 말은 꿀을 혀 밑에 숨긴 반역자들의 한 서린 복검
이고
북의 말은 천년을 떠돌며 미친 꿈으로 제 몸을 살았으니

들어라, 성문 밖의 백성들아
동천을 물들이는 저 서광은 불길한 왕조의 도성마다
사색의 지도로 색사된 망국의 피다

대지는 태고부터 반은 짐승이고 반은 귀신인
야음(夜音)의 시

이 땅의 모든 죽은 말을 눈의 벌판으로 내쫓는
천년의 난(亂), 음시가 시작되니
간신의 말은 모두 잡아 혀를 잘라라
매음의 말은 모두 잡아들여 사타구니를 인두로 지져라
그러나 새 숨을 불어넣어라

죽은 자의 죽지 않는 말
죽은 자의 뼈에 박힌 아프고 아픈 통곡의 말
그 백색 침묵과 포로기
저 무수한 대기와 허공과 우주의 말
천지와 사람과 만물이 알몸으로 교접하는 숨통의 말

기호부대 병사들 야간작전 일지

18시, 부슬부슬 비가 내린다
얼굴에 위장 크림 칠한 부대원들이 연병장에 도열해 있다
얼룩무늬 제복에 그린 베레모를 쓴
포뮬러(Formula) 대위가 단상에 서서
혼령 대원들을 확인한다

연결기호팀 병사 넷(→ ↔ ∨ ∧)
양화기호팀 병사 둘(∀ ∃) 보조기호팀 병사 둘(( ))
술어기호팀 병사 둘(= ∈) 변항기호팀 병사 셋(x y z)
13인의 철모 쓴 혼령 병사들이
완전군장 차림으로 집합해 있다

22시, 빗줄기가 굵어진다
돼지 축사 지나 비밀 행군은 야음의 들로 이어진다
시간은 Φ, 팔각모를 쓰고 어둠 속을 걷고
죽음은 Ψ, 자궁(字宮)부대서 파견된
폭파 전문 베테랑 여군 해병이다
어둠 속에서 M60 총성이 울리고 작전은 정식으로 강행
된다

x=y 또는 x∈y는 선두에서 행군중인 정식이다
(Φ→Ψ)와 (Φ↔Ψ), (Φ∧Ψ)와 (Φ∨Ψ)는
수색중인 정식이다

∃x⏀는 불안한 눈동자를 가졌고 저격수

∀z(x=y→(z∈x→z∈y))는 창백한 얼굴로 비를 맞으며
웃고 있다

25시, 폭우가 둑을 넘어 침공한다
뱀처럼 꿈틀꿈틀 행렬을 습격한다 회전하며 몸을 뚫는 비
총소리와 함께 대열을 이탈하는 소수부대원들
대위는 즉시 자유를 박탈한다 그들을 랜덤 규합하여 긴급
저격 명제와 매복 문장(sentence)조를 결성한다

인간을 고립시켜 꿈의 방어선을 구축하는 적군파 기호들
총성이 연속적으로 울리고
∀x∀y∀z(x=y→(z∈x→z∈y))는 적의 무기고를 찾아내
폭약 문장이 된다 부상자가 속출한다
나는 무전 통신병, 관통된 창자에서 핏덩어리가
본부 나와라 본부! 긴급지원 요청, 긴급!

30시, 비가 그친다 악령 깃든 야전의 들
동공이 갈라진 하늘에서 폐사한 물고기들이 쏟아져
내륙의 도시로 떠가고 새벽은 위장모를 쓰고
참호 속에 숨어 있다 아침은
떠가는 혼령들의 정식이다 계급 없는 기호부대 병사들,
혀 잘린 짐승의 비애를 뼈에 숨긴 채

$((\Phi \wedge \Psi) \rightarrow \Phi)$는 폐를 다친 논리 공리다

$(\Phi \rightarrow (\Phi \vee \Psi))$도 $(\Phi \rightarrow ((\Phi \rightarrow \Psi) \rightarrow \Psi))$도 눈이 망실된

아침의 공리다

홍콩 여배우 공리의 울음 빛깔 뒤태를 숨긴 채

하늘의 폐에서 금속 빗줄기가 햇살처럼 쏟아진다

외로운 들 가득 찬 풍경 소리 울리고

지평선 끝에서 불투명 유리창이 점점 크게 확대된다

접속家의 네 마녀들

1. 그리고

평서국의 산파로 왼손은 희고 오른손은 검다 맨손으로 핏
덩이 말을 받아 탯줄 닮은 강물에 띄워 네게로 보낸다 사
방으로 아기 울음 퍼지면 연꽃은 흩날리고 저승에서 시작
된 파도가 이승으로 물결친다 머리털은 붉고 등에 북두칠성
이 찍힌 리고가 태어나던 해, 문장국은 다섯으로 분열되었
다 훗날 이국의 폭군 벗(But)의 사생아를 낳고 무덤방에서
울면서 이승의 문장들이 흘리는 피를 저승으로 보내고 있다

2. 그래서

감탄국의 마지막 공주로 마왕 영탄이 가장 총애했다 마왕
은 밤마다 그녀를 안고 자장자장 자장가를 불렀다 자장가
는 전생으로 흘러드는 흰 강물, 그녀가 죽음이 부르는 노랫
소리에 맞춰 춤을 추면 심장소리 리듬에 맞춰 서서히 기억
이 몸을 빠져나간다 평서국의 둘째 왕자 술어의 유혹에 빠
져 저승의 산파가 되었으나 손이 잘리는 참형을 받고 이승
으로 돌아와 마녀의 모습으로 늙어가고 있다

3. 그러나

의문국의 황후다 도도하고 날카로운 눈매가 매를 닮았다
이마에 초승달 사마귀가 있다 의문국 최고의 무술 고수로
그녀가 휘파람을 불면 눈보라와 찬비가 휘몰아친다 문장 계
곡의 벼랑에서 깨진 바위들이 굴러떨어진다 아랫입술은 검

고 윗입술은 푸르다 입에는 사람의 머리 달린 열두 마리 불
새가 산다 새를 날려 전쟁을 일으키기도 하고 성곽과 들판
과 호수를 태워 재로 만들기도 한다

4. 그런데
　명령국의 제사장이다 말이 없고 외눈박이다 누가 건드리
면 사기그릇처럼 울리며 침묵의 물결을 만들어 허공으로 보
낸다 그것이 바람이다 그녀는 하늘의 예시도 문장국의 미래
도 함부로 예언하지 않는다 얼굴 중앙에 말의 눈동자가 박
혀 있어 그것으로 산 자의 운명을 본다 명령국의 국왕 하라
가 암살된 후 그녀는 배신자들에 의해 지하 감옥에 유폐되
었다가 최근에 탈옥했다 복수극이 시작될 것이다

작전명, 하늘을 나는 돼지
―제2차세계대전 오가사와라(小笠原) 학살사건

콧구멍이 긴 일요일의 전장
태평양을 건너온 돼지들이 지치지마(父島) 해안을 날았다
격납고에서 천황이 키운 하이에나들이 튀어나왔다

타조는 모랫더미에 머리를 박고 숨었다
타조의 꽁지 깃털을 뽑으며 조선인 소년병이 말했다
바보! 돼지도 하이에나도 다 폭격기야

소년은 야자나무 꼭대기로 올라가 수평선 너머를 바라보
았다
피멍 든 머나먼 고향땅, 죽창에 죽은 엄마와 아빠
사라진 이름들을 불렀다

하늘에서 하늘하늘 폭탄 꽃비가 내렸다
빙빙 공중을 돌던 돼지들이 분홍 똥 폭탄을 쏟았다
파편이 터지고 소년은 진흙 참호로 떨어졌다

소년은 뚜껑이 날아갔고 타조는 밑창이 떨어졌다
소년은 두번째 서랍이 빠졌고
타조는 세번째 다리가 머나먼 반도처럼 부러졌다

지느러미 빨간 달이 태평양 해구로 침몰할 때
들꽃 흐드러진 언덕마다 어린 병사들의 주검이 쌓여갔다

백주의 하늘에서 하이에나와 돼지들이
불과 연기를 뿜으며 매운 짬뽕놀이를 즐겼다

태양은 눈이 뻘게지도록 모르핀에 취해 있었고
골반뼈가 으깨진 지구 엉덩이에서
쉼없이 사람 피가 흘러나와 해류처럼 흘렀다 그사이

난쟁이 삼형제 다치바나 요시오, 마토바 스에오, 요시이
시즈오*는
유골 항아리 같은 지하 벙커에 숨어 키득키득
미군 포로들의 인육을 뜯었다

콧구멍이 검게 탄 일요일의 전장
포로들 눈알이 윙윙 지치지마 해안을 골프공처럼 날아다
녔다

* 1945년 2월 제2차세계대전 당시 미군 포로 인육 사건을 주도했던
인물들로 종전 후 모두 사형 집행됨. 함께 처형된 나카지마 노보루
는 다음과 같은 유언을 남김. "포로 학대는 일본 민족 전체의 책임
이라고 할 수 있다. 그러니 개인에게 죄를 뒤집어씌우는 것은 잘못
아닌가. 나는 국가를 증오하면서 죽어간다."

독일 가곡무대

입에서 파도가 나온다
입에서 물고기가 나온다
한 마리
두 마리
세 마리

벌거벗은 남자들 입에서
벌거벗은 여자들 입에서
열 마리
백 마리
천 마리

등 푸른 파도가 나온다
등 푸른 물고기가 나온다
연단엔 콧수염 기른
게르만 살쾡이 루돌프 회스*가
연미복 차림으로 지휘봉을 휘젓고

입에서 파도가 나온다
입에서 물고기가 나온다
일만 마리
십만 마리
백만 마리

파들파들 떠는 노인들 입에서
파들파들 우는 아이들 입에서
등 푸른 비명이 나와
흰 연기가 되어
흰 유령이 되어

굴뚝을 빠져나간다
무대 천장 스프링클러에선
찬물이 뿜어져나오고
찬 음악 뿜어져나오고
벽에선 사린가스가 흘러나와

뱀처럼 꿈틀꿈틀
다리를 휘감고
허리를 휘감고
가슴을 휘감고
목을 친친 휘감을 때

울부짖는 저 바리톤 소리
울부짖는 저 알토 소리
울부짖는 저 테너 소리
울부짖는 저 소프라노 소리

무대 밖 초원의 들엔

새소리 강물 소리 고요한 천국인데
총소리 탱크 소리 숨죽이는데
계속해서 계속
입에서 파도가 나온다
입에서 물고기가 나온다

* 제2차세계대전 당시 악명 높은 나치 아우슈비츠의 책임자. 비르
케나우 수용소 소장으로 근무하며 치클론 B를 사용하여 수많은 유
대인을 가스실로 보냄. 종전 후 피해자 가족들의 요구 및 학살자에
대한 본보기로 아우슈비츠에 회스만을 위한 특별 교수대를 설치하
였고 1947년 4월 16일 공개 처형됨.

유리창

위안소 지붕에 작은 구름 하나 떨고 있었다

웅덩이엔 앵두 꽃잎 사르르 물결치고
유리창엔 물결치는 유리의 눈
울타리엔 어린 사과꽃들 하얀 소름처럼 돋고
유리창엔 가늘고 긴 유리의 손

구름은 외로웠고 구름은 울기 시작했다

막사 지붕에 후두두 빗방울이 떨어지고
꽃피는 유리창엔 꽃피는 소녀들
막사 밑에 버려진 귀엔 개미들이 들끓고
들끓는 유리창엔 들끓는 꽃빛 울음

구름은 사라졌고 천지도 세계도 조용했다

철쭉 꽃비가 주룩주룩 내리는 봄밤
알몸으로 도망치는 열다섯 소녀 유리의 맨발
철쭉 야산으로 컹컹 군견들이 뒤쫓고
마취된 유리창엔 마취된 유리의 꿈

아무도 작은 구름을 기억하지 않았다

흑백 벽돌 수용소
─어둠 속 225人의 유대인 포로와 가시철조망

붉은혀갇히는혀죄의혀사각의　　감옥에
감금되는혀아니탈주하는혀벽　　을깨고
탈옥하　　　　　　는혀반　　항하는
혀반란　　　　　을기도　　하는혀혁명을꿈
꾸는혀　　　　아침마　　다칼이되는혀저
벽마다　　　　총이되　　는혀다
시체포　　　　되는혀　　고문당
하는혀비명하는혀피흘리는혀　　절망하
는혀자학하는혀아니증오하는　　혀다시

전투태세를갖추는혀다시방탄조끼로무
장하는혀아니사기치는혀위조하는혀도
　　　　　　　　　　　둑질하
는혀거짓말하는혀앵무새의혀를훔치는
혀아니물구나무서는혀거꾸로걸어가는
혀뒤집
힌혀미친혀현실의혀우울한혀자살하는
혀파멸하는혀혀의뿌리를뽑아버리는혀

(높이 11m 감시탑 자리)

　붉은 혀—갇히는 혀—죄의 혀—사각의 감옥에 감금되는 혀—아
니 탈주하는 혀—벽을 깨고 탈옥하는 혀—반항하는 혀—반란을
기도하는 혀—혁명을 꿈꾸는 혀—아침마다 칼이 되는 혀—저녁
마다 총이 되는 혀—다시 체포되는 혀—고문당하는 혀—비명하
는 혀—피 흘리는 혀—절망하는 혀—자학하는 혀—아니 증오하
는 혀—다시 전투태세를 갖추는 혀—다시 방탄조끼로 무장하는
혀—아니 사기치는 혀—위조하는 혀—도둑질하는 혀—거짓말하
는 혀—앵무새의 혀를 훔치는 혀—아니 물구나무서는 혀—거꾸로
걸어가는 혀—뒤집힌 혀—미친 혀—현실의 혀—우울한 혀—자살
하는 혀—파멸하는 혀—혀의 뿌리를 뽑아버리는 혀

R=kr

말은 웃는 꽃
시간은 어린 장의사

죽음 k, 네가 정수라면
생은 닫힌곡선이 되고 k개의 뾰족점을 갖는다
세 번의 실연이 작도한 비극의 델토이드 곡선
네 번의 전쟁이 작도한 절망의 아스트로이드 곡선

그리하여 인류의 말은
무한히 소멸중인 병든 육체 병든 우주
반지름 R인 원(Circle) O의 우주를 무한히 회전중인
반지름 r인 원(circle) o의 원의 원의……

역사는 과거의 어둠과 눈물값 x를
현재의 세계, 우리의 살과 흉몽, 시간 센텐스에 대입해
미래의 빛과 숨 y를 도출하는 비극의 (불)연속함수

그리하여 지구의 시는 영원한 레퀴엠
무한히 팽창되는 우주 바깥, 불가능한 육체이고 음시

그리하여 나는 또렷이 존재하는 추상의 시
없는 눈 없는 혀 없는 코 사라질수록 생생해지는 라인 궤
적들

그리하여 세계는 젠가 게임
원 밖의 원 밖의 원 밖으로 무한히 사라지는

말은 웃는 백지
지상의 모든 책들이 제로 점으로 응결된 기하학 백지
시간은 하하, 우리의 백골 컬렉터

부조화 연인

　—신인(神人)의 생사, 캉캉을 추는 말 푸코와 빙글빙글 감시탑

$$e^{i\varphi} = \cos\varphi + i\sin\varphi$$

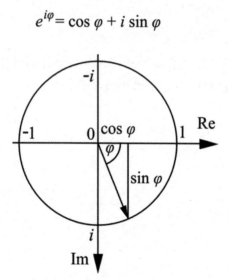

공간 R

1mm 꿈

눈을 떠보니 얼음 방이다
벽도 천장도 얼음으로 덮여 있다
얼음 침상에 아내가 누워 차고 있다
물고기 비늘무늬 얼음 이불 속에서
아내는 냉동 새우처럼 쪼그린 채
언 꿈을 꾸고 있다
침상 밑에서 딸아이가 못으로
얼음 방바닥에 기린을 그리고 있다
드래건을 그리고 있다
숲을 그리고 있다
큰 녀석은 성에로 뒤덮인 창가에 서서
폭염의 거리를 내다보고 있다
녹아내리는 아스팔트
녹아내리는 사람들
부러운 눈빛으로 바라보고 있다
나는 아내 곁에 누워 있다
외짝 나무젓가락처럼 누워 있다
냉동 미라처럼 누워 눈만 말뚱거리고 있다
그때 가늘고 예리하게 울린다
아내의 멍든 어깨가 빙하처럼 무너지는 소리
아내의 언 꿈이 부서지는 소리
딸아이가 그린 숲과 기린과 드래건이
조각조각 깨지는 소리

나는 얼른 일어나 아내를 흔들어 깨우려고
벌떡 일어나 딸아이를 껴안으려고
힘껏 목을 돌린다
목은 1mm도 돌아가지 않고
목에서 등줄기를 따라
울린다, 내 몸이 대륙처럼 갈라지는 소리
다시 힘껏 발을 움직인다
발도 1mm도 움직여지지 않는다
나는 눈을 감고 깊은 숨을 더 깊이 내쉰다
간신히 입김을 내쉰다
간절한 입김으로 언 입술부터 녹인다
얼음의 방에서 얼음 아이 얼음 열대야를
1mm씩 1mm씩 1mm씩

어떤 소극장

극장 안은 어두웠다
계단을 따라 허리를 숙이고 들어가 나는
뒤에서 두번째 줄 끝에 앉았다
무대엔 백발의 한 노인이 휠체어에 앉아 있었다
휠체어 앞에는 나무 테이블이 놓여 있었고
투명 유리 찻잔에서 김이 올라왔다
테이블 맞은편엔 절망에 빠진 한 남자가 보였고
백지에 어두운 유서를 쓰고 있었다
흐린 핀 조명 아래서 노인은
자신이 살아온 진흙과 유리의 날들을 이야기하며
절망에 빠진 남자를 위로했다
너무 걱정 말게 자넨 오늘밤 죽지 않을 거네!
벽 너머에서 파도 소리가 들려왔고
조명이 밝아지면서 노인의 얼굴이 드러났다
여든 살의 나였다
남자는 마흔일곱 살의 나였고 무대 왼쪽에서
한 아이가 자전거를 타고 무대 오른쪽으로 지나갔다
짧은 순간이었지만 금방 알아챘다
그 아이는 열한 살의 나였다
나는 자리에서 일어나 무대로 걸어나갔다
내가 등장하자 절망에 빠진 남자가 나를 쳐다보았다
구겨진 유서를 손에 움켜쥔 채 내게 물었다
당신은 누구요? 무슨 일을 하시오?

시를 쓰는 서른 살 청년입니다
목숨을 걸 작정입니다 확신에 찬 내 대답에
남자는 깊은 숨을 내쉬었다
노인은 아무 말 없이 벽 너머 수평선만 바라보았고
극장은 둥둥 떠가는 거대한 눈동자였다
무대 오른쪽에서 자전거 탄 아이 둘이 나오더니
깔깔깔 떠들며 무대 왼쪽으로 사라졌다

눈의 병실에서

어머니 삭은 등에서 침상 밑으로 흘러내리는
핏물 밴 잠이 한 방울 한 방울

내 노트북을 적시고 있다
폐를 열면 진흙 해저가 보이고 보물선이 보이고

태초의 푸른 하늘도 보일 것 같은
저 태고의 여자

난산중이다 물거품 1초 1초 1초⋯⋯
병상에 누워 새우처럼 잠조차 굽어가는 저 여자

꿈결에도 내가 걱정되어 몸이 자꾸 벽 속 해저로 굽는데

나는 혼 빠진 유령나무처럼 창가에 서서
하늘이라 천명된 곳의 어두운 등과 비늘을 만져본다

잠이 여러 살이 가늘게 금가는 공중
구름 뒤엔 중국집 배달 그릇처럼 식어갈 반달

함께 앉아 후르르 쩝쩝 웃던
거기 그 물가, 오래전 내 사랑의 음들이 은어처럼 달아난

찬 물소리 파문으로 울고, 그게 아픈지
어머니는 꼬리지느러미라도 잡으려 손을 뻗다 또 신음하고

손톱 끝에 봉숭아 꽃물 들인 눈들이 철부지처럼 깔깔거
리며
간병중인 나를 문병 오는 밤이다

유릿조각 깔린 잠 속의 걸음걸음이 밤물결보다 아파서
나는 또 내 병조차 미안하고

이스파한

깊은 밤, 머나먼 이란 땅 이스파한이다
침대에서 몸을 뒤척이는데 어디선가 자꾸 파도 소리 울
린다
눈을 떠보니 옆 침대에 장석남 시인이 자고 있다
창가로 가 커튼을 젖히니 중세 유럽의 흰 돛배 세 척이
거센 바다를 가르며 공중을 헤쳐온다

나는 조용히 발코니로 나가 담배를 문다 라이터 불을 켜자
파도도 배도 모두 사라지고 저멀리
어두운 사막에서 고래의 깊고 아픈 허밍이 울린다
코란을 암송하는 여자들의 젖은 음성이 들려오고
보이지도 않는 모래 속에서 뼈만 남은 아이들이 걸어나와
낙타의 긴 행렬 따라 우리 숙소로 행진해온다

나는 담배를 끄고 뒤를 돌아본다
장시인의 잠은 리아스식 해안처럼 구불구불하다
긴 갯벌에 박힌 폐선 한 척
나는 그의 잠 속에 입항하지 못하는 물새
낮에 이맘광장 나무 그늘에 앉아 본 모스크 떠올리는데
너도 모래야! 모래 속의 뼈다귀야!
누가 자꾸 내 어두운 귀에 라이터 불 붙이며 속삭인다

다시 침대로 돌아가 누워 눈감으니

잠은 오지 않고 창밖 공중에 미군 폭격 받은 배들이 떠
온다
나의 침대는 일인용 작은 관, 흰 돛배가 되어
그들을 뒤따랐다 그날 밤 우린
각자의 몸이 싹 틔우는 물빛 기억과 착색된 꿈으로
기나긴 사막 항해를 이어갔다

분양의 계절

집을 분양받았다 지느러미 달린 집
비유적 가격 20,000원으로 아가미 달린 집을
거실, 주방, 안방, 서재는 물빛 비늘이 아름다웠다
거실엔 소파와 파도가 노부부처럼 살고
안방엔 설산과 자메이카가 함께 보이는 창이 있고
발코니엔 흰 백사장이 펼쳐져 있다

가끔 새벽 물결에 죽은 향유고래가 떠밀려오고
늙은 폐선 닮은 구름이 찾아와
밤늦도록 울기도 하는,
화장실을 찾다 나는 종종 길을 잃으나
그것 또한 사람이 사람을 사랑하는 지극한 일이라
목련처럼 맘이 아팠을 뿐

지느러미 등줄길 따라가면 작은 능소화 야산이 나오고
상추며 오이며 가지 들이 가지가지 웃고 있다
새끼를 밴 어미 고양이 배처럼
둥근 무덤들, 그것 또한
아흔 노모가 죽은 새끼들을 이별하는 아름다운 국경이니
흰 목련처럼 잠이 아팠을 뿐

서재에는 멸종된 고대의 고래 책들이 몇 있고
달이 아내와 나란히 앉아

이영선 선생께서 선물해주신 보이차를 마시곤 하는데
태양의 등 뒤편은 백양나무 숲이고
달의 흉터 난 어깨 너머는 오래전 내가 머물던
이역의 땅이니

나는 왜 집을 분양받은 걸까
집이 없어 집이 그리도 그리웠던 걸까 미안했던 걸까
거실엔 십팔 쪽 분량의 작은 아이가 새우처럼
한 장 한 장 자고 있다
내 복사기의 꿈, 구름과 지진의 날들이 이어져 있다
식탁엔 지워도 지워지지 않은

아내의 눈물 자국이 보이고
나이테에 밴 내 허리가 흘렸던 옅은 핏자국
오래된 연애편지의 마지막 구절처럼 말라버린 꽃잎들
처음의 끝으로 나는 돌아가고 다시
끝의 처음으로 돌아와도
아무리 풀고 풀어도 풀어지지 않는

입주와 퇴거, 암호와 해독, 돌풍과 비바람의 나날들
나는 집을 구름 위에 올려놓았다가 반으로 접어
가방 속에 넣었다가 다시
어항 속에 넣었다가 다시 수족관에 넣었다가

밤마다 잠결에 울리는 집의 울음소리에
다시 먼 바다로 옮기니

집은, 길고 예쁜 지느러미를 흔들며 수평선 너머로
천천히 헤엄쳐간다
나는 또다시 집을 분양받고 싶다
밤마다 사라져도 다시 내 살 곁에 돌아와 잠드는 집
내 거친 잠을 건너 진흙 갯벌 꿈속을 성큼성큼 걷고 건
너서
나보다 먼저 잠을 깨어 내 눈꺼풀을 여는 집

저것 봐, 우리집이야! 아내의 아픈 잠꼬대에
나의 귀는 내 두 눈을 끌어다 창턱에 가만히 올려놓는데
어젯밤 비 내리는 숲으로 울며불며 달아났던
집이, 눈동자 까만 집이, 지느러미 날개 달린 집이
아가미 방긋거리며 환하게 돌아오고 있다
비유적 가격 20,000원은 어느 별의 화폐단위일까

한 지붕 몇 가족

계단에서 101호 사는
호주 아가씨 매트릭스(Matrix) 양과 마주쳤다
멜론 아이스크림처럼 녹아내리는
그녀의 웃는 코를 바라보다, 시차란 문득
내가 잠든 사이 누가 내 코와 눈두덩에 몰래 발라놓은
물파스 같은 거라는 생각

303호에서 아침에 내가 이 시를 막 시작했을 때
바로 아래층 404호에 사는 그는
시집『디자인하우스 센텐스』발간 준비로 한밤중
편집자와 통화중이었고
일곱 층 위의 202호에 사는 여자 빙(Being)은
시집『오렌지 기하학』목차를 바꾸며 줄담배를 피워댔다

어젯밤엔 404호에서 나의 친구 데미우르고스가
404호로 온라인 주문한 치킨과 맥주가
202호 222호 444호로도 각각 동시에 배달되었고
오늘 점심에 303호에서 내가 시킨 짜장면이랑 탕수육이
404호로 잘못 배달되어서 다 잘되었다
내일 아침에 이미 맛있게 잘 먹었다고
감사 문자가 날아왔으니까

그렇게 우린 함께 세 들어 사는

한빛빌라 평행 종족 이웃들이다 문이 불편해
수시로 벽으로 드나들다 궁둥이가 틈에 끼어 낑낑거리며
괴성을 지르기도 하지만 모두 착한 입주자들이다
문제는 아무도 계단 청소를 안 한다는 거다
천장에서 비가 새고 새와 별과 우주선이 떨어지고
벽에서 풀과 꽃과 열대 덩굴식물이 무성히 자란다는 거다

집주인은 죽었는지 전화해도 안 받고
너무 오래되어서 부동산에 내놔도 안 나가는 집
난 아직도 모른다 지하와 지상 각각 몇 층까지 있는지
지금 내가 걷고 있는 123456789호 복도
어제 내가 길을 잃은 30303030303호 복도
각 층의 복도 길이가 얼마나 끝없이 이어져 있는지

신기한 건 물건 택배원이다 거의 매일 드나들면서도
한 번도 길을 잃은 적이 없으니까
더 신기한 건 아내다 내가 정신을 잃고 쓰러지면
어떻게 알아냈는지 아내는 자기를 수십 명 데리고 와서
나를 번쩍 업어 쌩 사라지곤 한다

요즘 난 직업을 바꾸어 정신없이 일하고 있다
오전엔 헐레벌떡 시간 택배원
오후엔 공간 모델러

야간엔 적성에 딱 맞는 시공간 트레이너 겸 트레이더 　—
아 저것 봐 도심 대낮의 한빛 어둠 속을 집들이
흑표범처럼 어슬렁어슬렁 걷고 있다

싸락눈 오던 날

살구나무 가지 사이로 눈이 내린다
하늘은 자꾸 나를 꾸짖으며 싸락눈 내리는데
작은 아이를 등에 업고 대문 앞을 서성이며 아내가 나 대신
싸락싸락 싸리비 눈을 맞고 있다
고장난 보일러 수리비랑 도시가스 그리고 보험료
이번달 우리 네 식구 식비는 어떻게든 해결해야 할 텐데,
나는 자꾸 가슴 한구석이
싸리나무 회초리로 맞는 것처럼 따끔따끔 먹먹하다
저 눈 속을 날아가는 새들의 흉곽에도
사람의 눈물보다 깊고 아픈 상처의 무늬들이 새겨져 있
겠지
지워지지 않는 기억의 혈흔들이 있겠지
아내여, 미안하다 나는 나로부터 내려가고 싶다
바닥은 늘 더 낮은 추락을 위한 유혹의 쉼터였으니
더이상 희망에 속고 싶지 않은 것이다
내일이라는 말조차 이제는 한갓 말풍선에 불과해졌으니
햇볕에 함께 등 쬐며 가자! 다시 가자!
나는 꼬드길 수도 없다 저 까마득한 공중에서 누가
숭숭 구멍 뚫린 저 높디높은 하늘에서 누가
자꾸 싸락싸락 매운 눈을 뿌리나
저기 저 새하얀 어둠 집에서 컹컹, 진흙 개가 짖고 있다
젖꼭지 붉은 배에서 붉은 젖이 뚝뚝 떨어지는데
살구나무 가지 새로 사락사락 눈이 내린다

아내여, 우리는 날마다 우리의 육체를 공중에 묻고 있다
마지막 한 줌 가슴뼈마저 하늘에 묻는 날
우리 새끼들 사는 이 가난한 골목 가득
싸락눈 대신 훨훨 날갯짓하는 함박눈 새떼나 왔으면

마스크

눈보라 치는 밤이었다
스탠드 아래서 시를 쓰다 나는 잠들었다
새벽에 누군가 내 방을 노크했다
꿈결인 듯 일어나 나는 방문을 열었다
긴 코트에 목도리 걸친 여자가 서 있었다
가죽장갑 낀 손엔 신문이 들려 있고
마스크를 쓰고 있었다
누구시오? 어떻게 오셨소?
내가 묻자 그녀는 석간신문을 내밀었다
여기 이 부고 소식을 보고 찾아왔소
나는 얼른 신문을 받아 펼쳐보았다
부고란에 내 이름과 노인 사진이 실려 있었다
아니오, 오보요! 잘못된 거요
보시다시피 난 이렇게 살아 있지 않소?
내가 목소리를 높이자 그녀는
어깨에 묻은 눈을 털고는 방으로 들어섰다
거울 앞에서 마스크를 벗었다
주름투성이 얼굴에 입이 폐매진 노파였다
눈의 구멍은 깊은 태고의 동굴 같았다
당신 도대체 누구요?
내가 놀란 얼굴로 묻자 그녀가 말했다
난 행복이오! 오랜 시간 동안
당신이 나를 기다렸다는 사실을 잘 알고 있소

하지만 당신 생전에 난 당신 집에 올 수 없었소 미안하오!
사실 나도 평생 당신이 찾아오길 기다리다
이런 몰골로 늙어버렸소
늦었지만 당신 부고 소식을 보자마자 이렇게
폭설을 뚫고 달려온 거요
아니오! 난 결코 죽지 않았다니까요!
내가 몹시 흥분하자 노파는
유리창에 기대어 낮은 허밍으로 읊조렸다
이해하오, 당신의 그 집요한 착각을
당신이 아직 살아 있다는 건
당신만의 오래된 착각이고 착색된 꿈, 오보요
내가 계속 인상을 찡그리며 따지자
노파는 들고 온 흰 국화꽃을
책상에 올려놓고는 조용히 방문을 나섰다
노파가 떠난 후, 나는 창가에 서서
눈 속으로 사라지는
그녀의 뒷모습을 오랫동안 지켜보았다
돌아서는데 벽에 걸린 거울과 마주쳤다
거울 속엔 아무도 없고
흰 마스크 하나 검은 나비처럼 떠다녔다

날개 달린 돌

땅속을 날고 있다
등에 고대 산스크리트어가 휘갈겨진 운명의 돌
벼락이 쇠망치 든 석공의 손길로
한 장 한 장 허공을 깰 때마다 숲엔 천둥이 울리고
비의 진물이 뱀들이 방목된 계곡으로 흘러내린다

비백(飛白)은 장검을 들고
제 목숨의 절반인 아내 바리 곁을 지키고 있다
달리는 말에서 떨어져 발이 부러진 내 사랑의 서체처럼
계절은 눈이 찢기고 석류 속에서
붉은 새들이 터져나와 서천으로 날아간다

계곡은 빗속에서 흰 광대뼈와 늑골을 드러내고
밤새 김생(金生)의 눈이 핏물로 내 붓을 적셨다
그의 눈동자에서 무쇠 칼날이 내 목을 치는 빗소리 울렸다
그것은 내 전생의 낭하로 떨어지는

초서(草書)들의 기나긴 통음
벽에서 돋아난 백팔 나한들이 검은 법첩이 된
내 얼굴을 겹겹이 뜯어내 화선지에 던진다
종이 속 강물이 불길처럼 일어서더니
수초와 물고기들을 하늘로 역류시키고

더 크게 벼락이 친다
그러자 천천히 헤엄쳐온다
죽은 자의 숨결처럼 차고 딱딱한 금강석의 혀
깨진 허공에서 구름이 흰 비늘을 흩날리며
층층이 부서져내린다 대기는 이미 울혈 찬 유리의 살갗

글자에 손을 베이는 밤이다
나는 오래전 땅속에 매장된 돌
날개 뼈를 빌려 전생의 하늘을 날고 있는 새다
뱀들이 꾸는 꿈을 이승의 몸으로 살며
인간의 눈에서 지워진 백색 신전으로 날고 있다

비는 계속 대나무처럼 자라나고
누가 숲의 둔부로 성난 성기를 밀어넣고 있다
나무들은 짐승처럼 몸을 떨고 교접한 말들이 무덤에서
숲의 지붕으로 박쥐떼처럼 흩어진다

바리가 날아오르자 비백도 둥둥 떠오른다
빗소리에 섞여 말발굽 소리 봉화처럼 계곡에서 피어난다
연기가 연기(緣起)의 방향을 지우며 흐르자
말들도 날기 시작한다
인간이 한 번도 가본 적 없는 불치의 땅으로

심장 잃은 새 이프

이프, 네가 내 눈이었을 때
나는 공중을 흐르는 사막 나는 말하는 돌
이프, 네가 내 귀였을 때
나는 흩날리는 집 나는 물고기 눈을 가진 낙타
이프, 네가 내 입술이었을 때
나는 생리중인 백합 나는 주검을 맴도는 나비
이프, 네가 내 코였을 때
나는 고대 페르시아 돌기둥 나는 아무도 없는 해저

이프, 내가 너의 펜이 아니었다면
나는 새들의 감옥, 창살도 열쇠도 없는 미궁의 방
이프, 내가 너의 지하실이 아니었다면
나는 발코니에 놓인 구두, 고양이 울음소릴 내는 꽃
이프, 내가 너의 혀가 아니었다면
나는 풍차가 쏟아지는 하늘, 가면을 찢는 가면
이프, 내가 너의 스카프가 아니었다면
나는 흙바람 몰아치는 거리, 낭떠러지 봄

이프, 나는 나의 차가운 도형
너는 무한을 향해 빅뱅중인 코스모스 백지
이프, 나는 영원히 나의 여집합
전생과 후생과 현생, 세 서클의 교집합에서 태어나는 말
이프 저기 봐, 계단을 구르는 오렌지 오렌지

뚝뚝 악몽을 흘리는 촛불들
이프, 이제 나는 나의 죽음을 끝마쳐야 해
너는 기억도 망각도 거역해버린 파란 눈의 세계수
이프, 다시 네 심장의 노래를 들려줘

해조음

부러진 다리를 질질 끌고
가시투성이 짐승 현빈(玄牝)은 계곡으로 다가갔다
연못은 별들이 촘촘히 수놓아진 신부의 투명 거울
한 방울 한 방울 진흙 웅덩이에
하늘의 귀가 흘린 핏물이 고이고 있었다

묘지 근처였다
허물어진 돌탑 속에서 꿈틀꿈틀 꽃뱀들이 나와
달빛을 휘감아 끌고 들어갔다
나는 물가의 독풀로 현빈의 상처를 씻었다
피냄새를 맡은 산짐승과 날벌레들이

음담(淫談)처럼 모여들었다
여왕이 보낸 두건 쓴 무사들이 숲의 벼랑에 나타났다
현광(玄光)의 목도 베라! 너울이 점점 커지면서
연못 속 별들이 지느러미를 파닥거렸다
별들은 물 밖으로 헤엄쳐나와 묘지를 둥둥 떠다녔다

밤바람에 풀과 나무가 비궁(秘宮) 쪽으로 기울자
연못은 어두운 관으로 변해갔다
내 목뒤로 어두운 칼날이 새처럼 스윽 지나갔다
순간 나의 목은 떨어졌고 떠올랐다

긴 발톱 달린 무쇠 앞발로
왕의 머리통을 내리쳐 짓뭉개던 폭풍의 밤
그 환락의 푸른 궁터, 그 즉시
나무들은 뿔 달린 사자 대리석상으로 변해 으르렁거렸고
내 목은 점점 관 속 깊은 심연으로 굴러떨어졌다

그와 동시에 땅속 깊은 관 속의 관 속의 먼 지층에서
월광(月光)이 세차게 쏟아졌다
터널의 폐를 뚫고 나가는 헤드라이트 불빛처럼
달빛은 내 심장을 관통해
허공 저편 시간의 주름진 뇌 속으로 날아갔다

잘린 머리 그대로 나는 눈을 떴다
숲은 이미 거대한 유골 항아리였다
색(色)의 아방궁, 색색의 혀들이 말미잘처럼 나풀거렸고
반라의 여자들이 물고기처럼 입을 벌리고 깔깔거렸다

나는 독풀에 누워 별 없는 밤하늘을 올려다보았다
삼독(三毒)의 반도가 거꾸로 투영된
흑경(黑鏡)이었다 음시였다
전신 살갗이 온통 철조망으로 덮여 있었고
찢긴 새들이 파닥거렸다

무명이 내 곁에 누웠다
밤새 현빈의 찢긴 목에서 흰 파도가 일렁일렁 솟구쳤다
동이 틀 무렵 나는 구멍난 심장으로 보았다
잠든 그의 두 귀에서 인간의 귀로는 들을 수 없는
해조음이 따뜻한 핏물처럼 번져나오는 것을

공간 H

나나의 인공정원 셀(cell)

무화과나무 눈에 낯선 벌레가 붙어 있다
한때 고등과학원에서 과학과 철학과 신학을 강의하던
그는 유명 물리학 교수였다
빛 입자처럼 세균들이 눈꺼풀 막을 막 통과하며 묻는다

파이겐바움, 장미꽃을 좋아하던 자네가
어쩌다 벌레가 된 거지?
그때부터 밤낮으로 꿈틀거리며 대체 무얼 잰 건가?
시간? 공간? 사랑? 꿈? 쾌락? 자유?
이 모든 것의 수렴점을 태워버리는 죽음의 발화점?

무화과나무 무화된 눈 속 우주로
세균들이 까만 점막을 퍼트리며 무섭게 퍼지고 있다
자넨 불길한 꿈을 앓고 있을 뿐이네
부디 깨지 말게, 꿈 바깥은 더 혹독한 병의 지옥이네
벌레는 천천히 눈을 떠 주변을 살핀다

꿈도 꿈이 아닌 것도 아닌 파이겐 방이다
딱딱한 프로크루스테스 침대에 자신이 거인 신의 포즈
로 묶여
환(幻)의 로지스틱 방정식을 풀고 있다
답이 틀릴 때마다 발이 잘리고 눈이 썩고 장미 가시들이
살을 뚫고 방 전체로 퍼진다

나나, 이 무수한 사각의 방은 뭐지?
잘린 발과 눈들이 암흑 진공 속으로 떠가는 것을 바라보며
무화과나무 눈꺼풀에 등뼈 굽은 벌레가 붙어 있다
가지들은 계속 내생 너머로 갈라지고

기이한 끌개 A

나비들이 빛 속을 날고 있다
검은 비닐봉지가 회오리에 휩쓸려 솟구치고
재즈 바 기이한 끌개 속으로 들어가는 레인코트 남자
음표처럼 살에 착 붙은 망사 스타킹의 여자가
보드카를 따르며 키스한다

둘 사이로 염산 같은 침묵이 흐른다
창밖 빛 속으로 날개를 퍼덕이며 계단들이 떨어지고
책들이 날아가고
남자는 키스를 키스로 봉쇄하며 말한다

겔, 당신은 기묘한 땅이고 다차원 구멍의 함수
겔, 당신은 당신만 모르는 회오리 늪이야
늪에는 회오리의 속도를 먹고 크는
작은 회오리 새들이 살고 새들의 심장 속엔
더 작은 회오리 늪이 꿈틀거리며 흰 거품을 뿜고

로렌츠, 그거 알아요? 반복이 끝없이 반복되는 공포
당신의 혀는 당신을 삼키는 태풍의 눈
당신의 물리 공식은 당신을 휘감아오르는 문어고
지옥에서 날아온 부엉이, 당신의 뇌는
점점 메마른 섹스가 벌어지는 우리의 사실주의 침대처럼
칸토어 집합이 누적된 악마의 계단이 되어가고 있어요

겔, 다시 시작해! 우리 죽음을
겔, 그만 끝내자! 우리 환생을, 학살의 나선놀이
당신이 던진 오렌지는 내 손에 닿아 태양으로 불타오르고
살이 녹고 뼈가 녹고, 내가 던진 달걀이
당신 얼굴에 박혀 우주를 떠도는
두 개의 눈동자로 빛날 때

모르는 나비들이 모르는 어둠 속을 날고 있다
흑백 무성영화 속의 빙산 연인처럼
남자는 뒤통수부터 녹아 흘러내리고
겔은 출렁거리는 브라에서
프랙털 담배 i를 꺼내 불을 붙인다

나선의 흰 연기에 휘감겨
로렌츠와 그의 단골 술집 기이한 끝개가
회오리 속으로 끌려들고 있다

엠

엔, 나는 계단뿐인 모델 엠(m)
어깨 위로 사백 개의 철근이 솟아오른 4차원의 철조 건물
나는 팔월의 대치동을 팔 없이 걷고 있다
걸음을 옮길 때마다 귀에서
검붉은 녹물이 흐르고 새와 건반들이 쏟아지는

엔, 살은 모두 공중의 탈의실로 옮겨져 고요하고
길이 0 속 무한개의 점이 존재하는 나라로
날아가는 새, 길가의 은행나무도 맨드라미도 링거를 꽂고
찢어진 맨발로 하늘을 올라
(m, n)형 매트릭스 계단이 되고 있다

길가엔 타임 커피숍 센텐스
말러의 음률이 흐르고 푸앵카레가 커피를 내리고 있다
창가에 혼자 앉아 시집『디자인하우스 센텐스』를 읽던
뼈다귀 유령 함기석, 센텐스 3공간의
파파(papa)의 파열음 /p/가 도난당한 사건을 추론하며
모자이크 시계가 걸린 벽을 통과해
센텐스 밖으로 나갈 때

엔, 우리 눈동자 속으로 무섭게 번져드는 수의 세균들
흰 수염에 흰 혀를 휘날리며 싸우는
저 병든 수학병원 엠(M), 세계는

구름이 흘리는 창백한 핏물이 지하도로 흘러드는
신성한 여름이다 하늘에서

계단들이 떨어져 첩첩이 쌓이고 있다
피아노가 떨어져 첩첩이 쌓이고 있다
자동차가 떨어져 층층이 쌓이고 있다
아이들이 떨어져 하늘 끝까지 탑이 쌓이고 있다
엔, 나는 모델 머신 엠(m)「절규」속을 뒤로 걷는다

중복

정오다
정오에 정오가 불판 위의 돼지고기처럼 지글거리며
세 겹으로 타고 있다
아스팔트의 살가죽 끈적끈적 녹아내리고
교차로에 한 소녀가 누워 있다

해바라기 꽃대 끝에 앉아 나비는 본다
살을 뚫고 나온 갈비뼈
반쯤 떨어져나간 왼쪽 팔
어린 살점들이 맨드라미 꽃살처럼 흩어져 있다
귀에선 검붉은 강물이 흘러나오고
흘러내린 노란 뇌수가 아스팔트에서 부글부글 끓고 있다

정오다
정오에 정오가 정오를 초장에 발라 먹고 있다
소녀를 바라보던 나비가 하늘에 토한다
하얀 상복을 입고 내려다보는 구름의 검은 눈동자

정오가 역류하기 시작한다
그랜저 승용차가 중앙선을 넘어 빠르게 달려온다
소녀가 공중 높이 튕겨올라 교차로에 떨어지고
차는 재빠르게 도주한다
노랗게 머리를 풀어헤친 해바라기 위로

새들의 비명이 동심원 파문을 그리며 빛 속으로 퍼져가자 ⎺

다시 정오다
정오에 정오의 눈과 입이 검게 타 녹아내리고
소녀의 시선은 구렁이, 꿈틀꿈틀 혀를 날름거리며
횡단보도 건너 육교 건너 경찰서 지나
개들이 개를 먹는 그랜저 벤츠 식당 골목으로 실종된다

정오의 정원
수직 이등분된 나무 눈(noon)의 좌측면—

정오다
눈이 수갑처럼 꽃피는 정오다
정원의 좌측 원 (○)에 부정한 돌이 떠 있다
돌이 말한다
나는 잘 익은 사과고 붉은 알이니 한입 마음껏
베어먹으시오
내가 베어물자 이빨이 부러지고

정오의 광대뼈에 검은 혀가 빛난다 정원에서 정원이
내 살을 쏟으며 웃는다

정오다
날개 없는 새가 공중을 나는 정오다
날개라는 날개를 달아주자 담 뒤에서 총성이 울리고
나무의 무(無) 속으로
새는 납덩이가 되어 추락한다
틀니 낀 장미가 웃는다 정원의 항문 쪽에서
장미는 일제히
파란 잇몸을 드러내고 가시투성이 폭소를 터트린다

정오의 정원
—수직 이등분된 나무 눈(noon)의 우측면

정오다
눈이 수련처럼 꽃피는 정오다
정원의 우측 원 (○)에 부정된 돌이
〈떠 있다〉와 반대로 떠 있다
낱말고양이 오프는 본다
대낮의 날 선 어둠 속에서 희디흰 총성이 켜지고
핏빛 잠에 기름띠처럼 떠 있는 하늘

담은 담에서 피살된 연인의 나체로 영원히 묶여 있고
돌에 흰 지느러미가 돋는

정오다
라플라스 정오다
새들의 비명이 연못 살갗에 닿아
원의 파문이 정원 밖 우주로 무한히 퍼져나가는 정오다
꽃과 나비와 벌 대신
정원에서 정원의 인공 아가미를 뚫는 검은 총구들
고양이 등의 아름다운 능선을 타고
정원의 눈이 과녁처럼 관통되는 정오(正誤)다

플랫랜드

정오가 되자 태양이 정지된다
오늘의 날씨는 내각의 합 180 외각의 합 360
백색 왕국 칠각형 지하 묘지에서 일곱 알파벳 난쟁이들이
똑같은 행위를 반복, 반복, 반복한다

(H) 달이 음각된 컴퍼스로 선왕들의 시신을 옮긴다
7도 7도 7도 반시계 방향으로 다시 7도 7도 7도
(I) 3각형 4각형 5각형 6각형 7각형…… n각형을 작도한다
무한개의 각을 무한히 그려 원(○)에 근접해간다
(S) 평평한 우주, 평평한 지구, 평평한 무덤을 제조한다
일곱 번의 전쟁 일곱 번의 폭동 일곱 번의 대학살
(T) 미라가 된 여인에게 장미 꽃다발을 전하며 말한다
불멸은 싫어 불멸은 환멸이야 당신과 이혼하고 싶어
(O) 파란 가발을 뒤집어쓴 램프에게 연인처럼 말한다
내 눈을 태워줘 내 혀 내 음악 내 악몽도 다 태워줘
(R) 108도로 제한된 뿔각 그네를 타며 왕복운동 한다
앞이다 뒤다 어제다 내일이다 다 죽었다 다 죽는다
(Y) 온몸에 수식을 문신한 대리석 개가 명령한다
앉아! 일어서! 열중쉬어! 차려! 모여! 흩어져!

태양이 눈동자부터 녹아내리는 정오다
백색 왕국 지하 묘지에서 죽음을 박탈당한 일곱 묘지기가
똑같은 행위를 무한 반복, 반복, 반복한다

숫자族의 습격

1이 생기자 거리마다 스멀스멀

2가 득실거리다

3이 날개를 펴고 빌딩 상공에서 습격하다

4는 1이 권태롭다

5를 향해 발사한 탄환이 나의 심장으로 귀환하다

6이 마네킹과 권총으로 수음하다

7은 낮이 되어 백주의 광장을 질주하고

8이 쓰러져 환멸의 무한을 가리키다

9가 하늘에서 갈고리처럼 내려와 아이들을 낚아채자

0이 눈동자 없이 천지를 떠돌다

도시가 무서운 속도로 증발하기 시작하다

카운트다운 해변에서의 카운트다운

너는 퀴즈용 사체, 감기지 않는 눈꺼풀, 너는, 너는 혼잣
말하는 지퍼, 웃는 변기, 웃는 수평선, 찢어지는 수평선, 모
든 페이지가 살로 된 책, 너는, 너는

한 장 한 장 뜯어지는 하늘, 하늘을 찢어 밑을 닦는 아이,
돌고래소년, 음표소녀, 펄럭이는 머리, 펄럭이는 모래밭, 너
는, 너는 카운트다운 해변에서 시작되는 카운트다운

횟집 유리창에 바다뱀 ten, 기웃거리는 혀 nine, 어두운
풍랑, 너는, 너는, 꿈틀거리는 배, 떠오르는 해파리떼, 너는,
너는, 망각될 수 없는

소리, 점점 명확해지는 소리, 피가 살을 버리고 도주하는
소리 eight, 너는, 너는 분질러진 분필, 분질러진 기린, 치욕
이 목을 분질러버린 땅, 너는, 너는

깔깔거리는 혀 seven, 침수되는 등대, 참수되는 파도, 섹
스 후 해마 자세로 등을 돌리고 잠든 연인, 남남북녀 생사
는, 가면 쓴 마네킹, 지퍼를 열면 흰 이빨들이 깔깔거리는,
너는, 나는

갑자기 땅속에서 울리는 전화벨소리 six, 꽃들이 백태 낀
혀로 깔깔거리고, 틀니를 뱉어내는 집, 횟집 유리창엔 불

five, 나는, 나는, 카운트다운에서 카운트다운되는

　나도 사체용 퀴즈, 어두운 공중에 터질 듯 떠 있는 폐
four, 모래 속에서 날아오르는 새 three, 붉은 인감도장 같
은 꿈, 통일된 시, 뒤엉키는 살, 넝쿨, 연기, 망각로를 달리
는 말

　우린 닻, 서로의 입속으로 가라앉는 혀, 점점 스미는 칼
날 two, 점점 잠이 오는 햇빛, 방파제엔 발, 남겨진 아이
발 one, 붉은 잉크처럼 번지는 울음, 우린 안개, 안개, 안
개 zero

열 개의 입이 달린 숫자괴물 크아크아

  5 오 나의 입. 입에서 돌출하는 두 개의 손. 한 손엔 태양. 한 손엔 달. 달의 나팔관에서 흘러나오는 소년. 흘러나오는 밤하늘. 달리는 소년. 달리는 휠체어. 달리다 박쥐가 되어 날아가는 자동차. 찢기는 숲. 찢기는 도로. 찢기는 집. 찢기는 불. 불안한 물. 나의 눈꺼풀 없는 시계.

  0이 삼킨 돌. 지구를 잉태한 돌. 돌의 자궁. 떠오르는 아기. 떠오르는 달걀들. 헬리콥터. 솟구치는 머리. 솟구치는 등. 솟구치는 계단. 0 안의 집(室). 흰옷 입은 사자와 향불. 석관 닮은 여자 제로. 엎질러진 울음. 엎질러진 잠. 영(影)과 영(靈). 꼬리를 물고 도는 두 마리 뱀. 나의 생사.

  4 사방 없는 사계(四季). 동에서 경찰차가 달려온다. 서로 살인자가 도망친다. 남에서 기자들이 몰려온다. 북으로 긴급 뉴스가 전파된다. 열십(十)자 교차로. 창백한 주검. 열린 동공. 깜빡거리는 신호등. 오후 네시. 탈주하는 살. 탈주하는 이성. 탈주하는 피. 핏속을 떠도는 잠수정. 나의 시.

  8 난파하는 눈. 난파하는 배. 어금니 박힌 항구. 머리를 산발한 등대. 급정거하는 군용 트

128

력. 직립하는 벼랑. 갑자기 뛰어내리는 포로 여덟. 고요한
정오. 고요한 음악. 파들거리는 파도. 빌딩이 솟는 바다. 수
면을 달리는 간호사. 산소호흡기와 링거병. 좌심실엔 광장.
우심실엔 혹한. 악몽을 꾸는 눈사람. 나의 하얀 흑인.

3

내장처럼 긴 복도. 세 개의 시간. 세 개가 교미중인 세계.
천지인(天地人). 하늘엔 촌충 먹는 달. 나는 배. 나는 풍차.
세계는 숫자괴물. 생체실험실. 너는 비. 발톱이 달린 비. 비
(秘)의 비(妃). 포르말린 고양이. 도사리는 눈. 도사리는 집
도의. 휘날리는 눈. 휘날리는 살.

9

사냥개 소리. 짖어대는 어휘들. 짖어대는 백지.
짖어대는 낫. 도주하는 낮. 도주하는 낮의 낯. 얼굴 없는 노
인 사이언스. 펄럭이는 팔. 펄럭이는 거울. 펄럭이는 대기.
날아가는 사과. 날아가는 나이프. 밟으면 탁구공처럼 찌그
러지는 아이들. 뽑히는 뿔. 뽑히는 목.

7

파열하는 파. 파열
하는 파파. 파열하는 음계. 파열하는 중력. 떠오르는 땅. 떠
오르는 빙산. 떠오르는 이리들. 점점 지름이 커지는 늑대. 원
(圓)의 원(怨)의 역사. 공중엔 귀. 까마귀 울음. 나부끼는 사
자들. 황산이 증거인멸 한 사람. 칠 일간의 악취. 간을 이식

— 한 복도. 비상계단. 응급실. 밝은 모래도시. 우린 모래인간.

　　　1 사형수다. 기둥에 묶인 신(神). 저격병. 눈썹에 고인 이슬. 1234567×9＋8. 기도하는 수녀. 마른 천국. 살찐 주교. 처형되는 침묵. 처형되는 나의 형(形)과 형(衡). 형(兄)은 1을 9하라. 나는 홍자색 꽃이 핀 관상용 식물. 엽록소 없는 진균식물. 격발하는 땀. 격발하는 총. 나는 나의 사랑을 박테리오파지 하라.

　　　2 신부와 신랑. 그것은 말과 침묵. 흰 장갑 속의 밤바다. 데카르트의 잘린 손. 마네킹 하객들. 털이 무성한 구름. 버거킹 태양. 떠다니는 모자. 떠다니는 이빨. 떠다니는 해파리. 자홍색 하늘. 주홍빛 주례. 흩날리는 신부. 신부를 안고 날아가는 새떼. 그것은 이백 개의 돌. 취한 돌.

　　　6 검은 만(灣). 검은 육(肉). 걸프만. 중동의 척추를 부러뜨리는 미군 폭격기. 사살되는 아이. 여자들. 사살되는 아침. 사살되는 사실. ●●●●●● 이것은 여섯 번의 함포 소리. 타는 사막. 타는 고막. 타는 망막. 파도를 유산시키는 바다. 공중엔 떠가는 핀셋. 떠가는 폐. 떠가는 배. 지상엔 해안선. 기나긴 죽음의 기름떼.

—

유령 피아노

학교 뒤편은 대나무 숲
야자 시간이면 숲에서 이상한 파도 소리가 난다
소리는 흰 날개를 흔들며 나무 사이를 날아다니다가
벼랑 위로 솟구쳤다가 올빼미처럼
학교 운동장으로 내려온다

파도 소리는 점점 커지고
자정이 되면, 숲 벼랑에서 흰 교복 입은 유령들이
기숙사 공터로 내려와 깔깔깔 떠든다

공터에서 들리는 스산한 웃음소리에
기숙사 3층 끝 방에서 수능 기출 문제집을 풀던 미아
커튼 사이로 한쪽 눈만 내밀고 밖을 내다본다

컴컴한 하늘 한복판에
늑대의 노란 눈알 닮은 달이 떠 있고
흰 얼굴의 유령들이 공터에서 춤추며 놀고 있다

유령들 얼굴을 하나하나 쳐다보던 미아가
어 이화다! 쟨 정혜! 쟨 수정이!
봄에 죽은 친구들이 얼굴 창백한 유령이 되어
목에 노란 머플러를 감고 놀고 있다

숲에선 계속 파도 소리 들려오고
초조하게 대숲 벼랑을 쳐다보던 미아가 혼잣말한다
또 시작됐어!
또 그 유령 피아노가 울기 시작했어!
밤마다 슬픈 파도 소리 내는

미아는 점점 숨이 가빠온다
얼굴이 파래지고 주먹손으로 가슴을 콩콩 친다
그때 유령들이 춤을 멈추더니
미아가 있는 유리창으로 다가와 속삭인다

미아야, 숲에 가자!
미아야, 숲에 가서 우리랑 놀자!
미아는 그 즉시 얼굴을 좌우로 세차게 흔들며
안 가! 난 절대로 거기 안 갈 거야!

그렇게 말하고 싶지만, 말은 입안에서만 맴돌 뿐
미아는 이미 잠옷 차림 그대로
유령 친구들을 따라 대숲으로 가고 있다

한 걸음 한 걸음 숲의 심장부로 들어가보니
짙은 안개 속에 대나무들이 굵은 빗줄기처럼 서 있고
이끼로 뒤덮인 벼랑이 나타난다

수학 문제집 영어 문제집 국어 문제집 색색의 참고서들이
겹겹 끝없이 쌓인 책 벼랑이다
깎아지른 책 벼랑 밑엔 책상과 부러진 의자들
책상엔 아이들이 얼굴을 박고 잠들어 있다

여기가 어디야? 미아가 묻자
유령들이 깔깔대며 미아의 귀에 속삭인다
어디긴? 네 꿈속이지
네가 밤마다 우릴 네 꿈속으로 불렀잖아!

책상에 엎드려 자고 있는 쟤들은 누구야?
누구긴? 모두 너지!
유령들이 말하며 파란 촛불처럼 웃는다
유령들 웃음소리에 책상에 엎드려 자던 아이들이
차례차례 일어난다

어떤 아이는 얼굴에서 촛농이 흘러내리고
어떤 아이는 눈에 거미가 붙어 있다
어떤 아이는 머리칼이 뭉텅뭉텅 빠지고 있고
어떤 아이는 얼굴조차 없다

미아는 비명을 지르며

숲 반대편 계곡 쪽으로 달아난다
유령들이 깔깔거리며 미아를 바짝 뒤쫓는다
한참을 달리자 돌무덤이 보이고
무덤 사이에 커다란 배가 한 척 침몰해 있다

배 옆에 피아노가 놓여 있고
피아노 앞에 돌이 된 소녀가 앉아 있다
소녀의 두 손은 건반 위에 가지런히 놓여 있다
소녀의 눈에서 흘러내리던 눈물방울이
물방울 돌이 되어 광대뼈에 그대로 붙어 있다

갑자기 미아가 울면서
돌로 된 소녀의 얼굴을 어루만진다
수경아, 미안해! 이수경, 정말 미안해!
그러자 소녀의 손가락이 꿈틀 움직인다

책 벼랑 꼭대기에서 책들이 떨어지고
피아노 건반 사이로 달빛이 세차게 쏟아져나온다
달빛은 금세 숲 전체로 금빛 거미줄처럼 빠르게 퍼지더니
미아의 몸을 친친 휘감고 목을 조인다

이건 꿈이야! 분명 꿈일 거야! 엄마! 엄마!
그러나 아무리 소리쳐도 엄마는 나타나지 않고

미아의 울음 섞인 메아리만
대숲 공중에서 진눈깨비처럼 얼어붙는다

피아노 소리는 동그라미 물결처럼 점점 커지고
돌로 된 소녀는
무겁고 음울한 미사곡을 연주한다
그러자 책 벼랑 밑의 아이들이 새가 되어 날아간다

대나무들은 모두 숫자 1의 모습으로 꼿꼿이 서서
하늘의 배를 찌르고 있다
무서워! 도대체 여긴 어디야?
엄마! 엄마! 엄마!

아무리 소리쳐 불러도 엄마는 대답이 없고
유령들만 깔깔대며 웃는다
흰 교복 입은 유령들이 미아를 빙 둘러싸더니
미아의 귀에 대고 속삭인다

여긴 네 꿈속이야!
아무리 깨어도 계속되는 불길한 꿈
여긴 깊은 물속이야! 물속의 대나무 숲, 기억의 숲이야!
아무리 잊으려 해도 결코 잊히지 않는

0차원 숲

전선이 달린다
나의 귀에서 나온 전선들이 광장을 달린다
비는 계속 까마귀 소리를 내고
피막에 싸인 얼굴들이 어두운 시가를 달린다
저격병은 조준한다 숨을 멈춘다

방아쇠를 당기자 총구에서 물새가 격발된다
광장을 관통해 이천 년 전 갈릴리호수로 날아간다
수면에 한 점 한 점 붉은 요오드팅크 같은 빛들이 떨어지고
좌표엔 점 점 점 떠오르는 눈동자들

맨눈으로 세계의 맨살을 응시하는 어류들
누가 꺼내 달아놓은 걸까
광장의 나무 늑골마다 하얀 부레들 바람에 부풀고 있다
구름이다 폐다 무덤이다
돌 속엔 태고의 하늘이 흐르고

우린 폭우 속에 서 있다
두 개의 송전탑이 되어 1차원 늑대가 되어
우린 말이 없다 얼굴이 없다
우린 부레 달린 바위고 외팔이 낭객이다 2차원 흑백 육체
카운트다운 해변에서 철컥철컥 탕탕 파도 소리 울리고

나는 사건 좌표를 계산한다
말은 발이 잘려 불구로 불구의 이 땅을 달리는데
전선이 엉켜 광장은 백지처럼 찢어진다, 그때
피막을 찢고 나온 척후병들이 심장에 방아쇠를 당긴다
쏟아지는 0차원 비 비 비

비는 비의고 비린 역사의 비사다
누가 또 죽고 비명은 천지가 삼켜 천지가 되니
비는 비(悲)와 비(秘)와 비(非)를 향해 당겨지는 극한 방
아쇠들
불꽃이 튀며 물새가 격발되고,
탄환은 비명 뒤편 가시나무 숲으로 날아가 영원히
돌아오지 않는 아침이 된다

유령 알레프 영이 사는 아홉 집 수리마을

집)은 토르소다 비읍 지하실에 알레프 영이 산다 밤에 뒷
문으로 나무뿌리들이 뻗어나와 굴뚝 사이에서 꿈틀꿈틀 골
목이 되는 집) 뒷마당엔 흰 목뼈가 구르고 붉은 잇몸을 드
러내고 웃는 꽃들

오월이다 비행장 옆 레일을 따라 아이들이 걸어간다 머리
가 모두 숫자 모양이다 새들이 깃들면 가시나무 울타리 위
로 날개를 펴는 집) 꿈은 아닌데 잠자리 날개를 펴고 팔랑
팔랑 언덕을 나는

집)이다 왼팔 없는 첫째 소녀가 달린다 둘째 소년이 달을
가린 구름을 찢는다 셋째 소녀가 레일에 누워 쇠못처럼 웃
는다 난 태양을 잡는 작살이 될 거야 넷째 소년도 눕는다 난
망각된 시간을 여는 열쇠가 될 거야

다섯째 소녀의 손가락엔 링 반지 그날 좌파 집)에서 끌려
간 엄마의 눈, 여섯째 외다리 소년은 하늘을 본다 희고 긴
손가락 달린 밤하늘 가득 민코프스키 민달팽이 기어가고 소
년의 입에서 물고기들이

하늘로 헤엄쳐가고, 열차가, 열차가 달려오고, 언덕을 지
나 개울을 지나 열차가 달려오고, 구불구불 들길 따라 한 칸
한 칸 페를 드러내는 불구의 집) 황소처럼 푹푹 콧김을 내뿜

으며 열차가, 열차가 달려오고

들판 가득 꽃이 핀다 노랗게 빨갛게 터지는 꽃망울 뉴스,
자정의 골목을 거닐며 알레프 영은 목격한다 잠자는 **집**)이
다 왼쪽 담이 무너진, 지붕마다 날아와 박히는 은빛 바늘들
비늘들 달팽이들

공중엔 낫이 하나 시퍼렇게 익어가고 양처럼 울다 빛 속
으로 사라지며 뇌가 허물어지는 **집**) 레일은 두 마리 뱀이 되
어 대가릴 쳐들고 주민들이 매장된 활주로로 걸어가는 일곱
째 소녀 여덟째 소년

밤마다 아이들이 살아나 철길을 걷는 무한 굴뚝마을이
다 아침이다 아홉째 소녀는 뭉개진 두 눈에 붉은 자두를 박
고 **집**)을 나선다 영원히 망각되지 않는 오월의 활공 피크
닉을 위해

조기입학자

세기의 사기꾼 헐이 죽었다
그는 저승대학 입학식 날 상장을 받았다

헐! 위 사람은 이승고등학교 재학 기간 동안
뛰어난 사기 재능을 맘껏 발휘하여
정치인, 법조인, 기업인, 예술인, 종교인 들을 속여
그들의 허세와 탐욕, 위선과 기만을
만천하에 알리는 우수한 성적을 거두었으므로
칭찬하는 뜻으로 이 상장을 드립니다
—저승대학 총장 염라

교문에 걸린 플래카드가 봄바람에 펄럭였다

유구한 역사와 전통을 자랑하는
세계 최고 인류 최고의 명문 대학 저승유니버시티!

대학 본관 옆 학생회관 건물 창에서
먼저 입학한 선배들이 백골의 얼굴로 우릴 쳐다보았다

아무 상장도 받지 못한 나랑 착한 내 친구들
노란 새가 날아와 물었다

너희 몇 학번이니?

누가 너흴 여기로 보낸 거니?

나는 데카르트 여객기 실종사건을 추적중인 라디안

수학자들을 태우고 칠레로 가던 여객기가 태평양 한복판
에서 실종됐다 섬들이 좌표에서 사라졌다 수면엔 거대한 나
무와 콘크리트 빌딩들이 하늘 높이 뻗어 있었다 (나는 1사
분면에서 기억을 지우고 있었다)

나무엔 불 꺼진 집들이 박쥐처럼 거꾸로 매달려 있었다 거
실엔 구름이 떠 있었고 TV도 냉장고도 꺼져 있었다 폐허의
크리스마스처럼 사랑은 정전되었고 빛이 탄 정오였다 (나는
2사분면에서 시간을 지우고 있었다)

여객기는 점점 어둠 속으로 가라앉았다 무쇠 구두가 피아
노의 심해 속으로 가라앉듯 소리는 폐허 속에서 울려왔다
추락을 추적하는 수식들이 등장했다 수식은 피가 마른 짐승
이었고 (나는 3사분면에서 판단을 지우고 있었다)

미적분 기호 닮은 물고기들이 헤엄쳐다녔다 여객기가 곡
선을 그리며 해저에 닿자 라디안 접선방정식이 완성되었다
사랑도 말도 계속 정전 상태였고 물속으로 녹지 않는 눈이
내렸다 (나는 4사분면에서 공간을 지우고 있었다)

눈동자들이 비누 거품처럼 둥둥 물속을 떠다녔다 죽은 수
학자들이 여객기에서 내렸다 물고기를 따라 해류를 따라 이
동했다 수면은 양탄자처럼 주름져 있었고 (나는 4D 좌표

(0, 0, 0, 0)에서 나를 지우고 있었다)

　나무의 빈집에서 말들의 웃음소리와 TV 뉴스 소리가 들
려왔다 여객기 실종 후 군인과 경찰과 기자 들이 태평양을
샅샅이 조사했지만 어떤 흔적도 발견되지 않았다 (나는 좌
표에 없는 해저에서 모든 문장을 지우고 있었다)

사라지는 벽 뒤로 사라지는 피사체들

흑백사진을 본다 소년 리만이 삼각형 시계가 걸린 벽 앞에
서 있다 등을 보이고 고개를 숙인 채 울고 있다 나는 칼로
시계를 타원으로 오린다 리만의 왼쪽 귀가 함께 잘려나간다

리만은 울음을 멈추고 텅 빈 타원 안으로 들어간다 아이
가 떠난 후 사진은 흑백 빛을 흘린다 한 방울 두 방울 내 발
등에 떨어져 살에 스민다 그때마다 Tangerine Dream 음악
이 울리고

똑똑! 누가 방문을 노크한다 백발의 노인이 마이크로 카
메라를 들고 들어온다 이마에 주름이 깊지만 방금 전 사진
에서 보았던 소년 리만이다 노인 뒤에 어린 유령이 흰 도자
기처럼 서 있다

그땐 정말 고마웠소! 당신 덕분에 지난 수백 년간 난 많
은 세상과 우주를 탐험할 수 있었소 노인이 말하는 동안 유
령은 내 가설의 방에서 논다 방의 차원 나의 좌표를 계산해
벽에 낙서한다

수백 년이라니, 말도 안 돼! 내가 속으로 생각하는데 노인
은 사진을 보여준다 촬영 날짜와 장소가 정확히 찍혀 있다
2329년 5월 11일 제3135행성, 2419년 7월 17일 제8691행성

기념으로 당신도 한 장 찍어드리고 싶소 리만이 웃으며 말한다 나는 찍히기 싫어 얼른 등을 돌린다 찰칵! 노인이 사진을 뽑아서 내게 건네주는데 어린 유령이 내 앞으로 다가와 말한다

  오래전 당신이 잘라버린 나의 귀를 돌려주세요! 기억나지 않는다고 하자 유령은 나의 오른쪽 귀를 잘라서 벽 뒤의 세계로 사라진다 노인도 방을 떠나고 나는 홀로 남아 사진을 본다

  삼각형 시계가 걸린 벽 앞에 노인보다 더 늙은 백발의 내가 서 있다 등을 보이고 고개를 숙인 채 우울하게 가설 속에 서 있다 촬영 날짜와 장소가 찍혀 있다 1966년 8월 21일 707 큐브병동

기이한 끌개 B

끌개 속에서 누가 내 눈을 그린다
나는 얼굴이 타 눈이 없는데
누가 내 몸의 사라진 국경선을 그린다 회오리치는 선과 선
어두운 풍랑이 치는 북해에서
바위와 짐승과 눈보라가 한몸인 극지의 숲까지

나는 등이 무너져 벽이 없는데 누가 내 사라진 등에
연필로 필연의 사체를 그린다
그것은 공중을 떠가는 무덤들의 가혹한 등식이자
울음이 번지는 설원의 부등식
백지에 빛이 끓고 찢긴 손이 약에 취한 새처럼 파닥일 때

난 투명한 원(circle)
난 안팎이 뒤바뀌는 고대의 해도(海圖)
연필이 흰 수면을 걷자 연필에서 검은 눈보라가 쏟아진다
나를 휩쓸어가는 폭풍들이 쉼없이 밀려오고
손금을 따라 출항하는 운명선(船)

난파하는 꿈, 난파하는 파도
고백건대 난 태고부터 점들의 무한 집합, 나도(島) 너도
(島)
살이 찢긴 깃발처럼 공중에서 펄럭이는 섬
누가 내 발을 그린다 나는 발이 찢겨 걸음을 모두 잃었

는데
　누가 내 아픈 피를 뿜어 찢긴 길을 그린다

　낮은 밤의 사체유령선
　우린 소리 없이 유계로 떠가는 도도한 물
　십이월의 동백나무들이 어두운 벼랑에서 붉은 유서를
쓸 때
　누가 나를 지운다 나의 손을 지우고 눈동자를 지우고
　지워진 폐에 꽃씨를 뿌린다
　아직 파종된 적 없는

부조화 연인
—유령시인 시시포스(Sisyphos)와 우주소녀 서클(Circles)

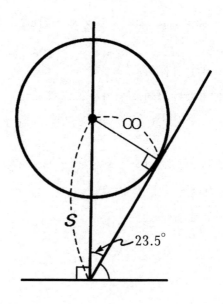

공간 T

수학자 누(Nu) 0

(0)
이 항아리는 엄마의 유골함이다
(이 항아리는 엄마의 유골함이다)는 엄마의 엄마 옹관
이다

((이 항아리는 엄마의 유골함이다)는 엄마의 엄마 옹관
이다)는 엄마 엄마의 엄마 토관이다

(((이 항아리는 엄마의 유골함이다)는 엄마의 엄마 옹관
이다)는 엄마 엄마의 엄마 토관이다)는 엄마 엄마의 엄마 엄
마가 제 몸에 나이테를 새기며 자라는 목관이다

((((이 항아리는 엄마의 유골함이다)는 엄마의 엄마 옹관
이다)는 엄마 엄마의 엄마 토관이다)는 엄마 엄마의 엄마
엄마가 제 몸에 나이테를 새기며 자라는 목관이다)는 멈추
지 않는 엄마들의……

카오스모스 관이다 끈이다
태고의 엄마들이 흑화로 환생하는 기연의 시간이고 공간
이다
어둠 속에서 벌과 나비를 부르는 무한 침향, 알이다

만다라 빅뱅!

나는 마이너스 우주, 마이너스 눈동자다
$(-\infty)$

수학자 누(Nu) 1

눈동자 까만 다양체 꽃방이다 누가 나를 *S*에 가둔 걸까 깃
털 흩어진 새장에서 밤이 열두 개의 알을 낳고 있다 나는 모
순이어서 갇힌 새 어제는 달팽이 돌 오렌지 내일은 말괄량
이 피아노 나는

부정일까 불능일까 무한의 질문일까 고통이 흰 수액처럼
살갗을 흐른다 숨결이 꽃으로 컵으로 나이프로 기호화되
는 방 이곳은 어딜까 *Sentence? Society? Science? String?
Sound? Silence?*

*S*는 계속 *S*를 증축중이다 자신을 원소로 갖지 않는 집합
을 모은 집합 $S = \{x \mid x \notin x\}$ 가시 바늘이 계속 목뼈를 찌른
다 벽면엔 핏방울 꽃물이 번지고 누가 내 얼굴을 찢는다 날
개를 찢는다

누가 계속 반추하며 내 딱딱한 꿈을 찢는다 *S*가 *S*의 원소
이면 *S*는 자기 자신을 원소로 갖지 않으므로 *S*는 *S*의 원소
일 수 없다 나는 시는 죽음과 무를 증명할 수 없다 폐가 아
픈 자정이다

자정은 자정임을 증명하는 순간 스스로 붕괴된다 꽃들이
웃는다 컵은 둥둥 떠오르고 나이프는 내 살과 편견을 베며
웃는다 누가 그 모든 웃음을 일거에 소거하여 차갑게 추상

화한다

　$S \in S \Rightarrow S \notin S$. S는 자기 자신을 원소로 갖지 않는 집합을
다 모았으므로 S가 S의 원소가 아니면 S는 자신을 원소로
갖지 않아 S에 속하게 된다 $S \notin S \Rightarrow S \in S$, 나도 악몽의 집
합 S일까

　눈동자 타는 다양체 꽃방이다 누가 나를 S에 유혹한 걸까
잠이 흩어진 새장에서 밤이 열두 개의 알을 품고 있다 나
는 모순이 아니어서 갇힌 새, 누의 핏기 없는 웃음만 밤하
늘을 떠돌고

수학자 누(Nu) 2

잠자는 〈검은 고양이〉라고 읽자 책상 밑에서 흰 고양이 카프카가 나온다 등을 활처럼 휘더니 긴 꼬리까지 S를 만든다 잠자는 고양이 이각형을 빙빙 돌다 창턱으로 사뿐 뛰어오른다

달빛이 곡률놀이 즐기고 있다 책들은 나비처럼 나풀나풀 창밖으로 날아가고 시간은 변과 모서리를 하나씩만 가진 도형, 이각형이 눈뜬다 화분을 빙빙 돌다 창턱으로 폴짝 뛰어오른다

달빛이 S자로 내린다 누가 〈잠자는 검〉은 고양이라고 읽자 대리석 화분이 야옹 한다 창턱에서 고양이 둘이 몸을 붙이고 연인처럼 바라본다 달빛에 묻혀가는 도시 S의 휘어진 등뼈

꼬리로 톡톡 서로의 입술을 건드리며 웃는다 공중엔 귀가 달처럼 떠 있고 몽우리가 터질 듯 죽음이 응결된 눈동자엔 풍경이 없다 검은 꿈꾸고 사산된 숨들이 연기 되어 지붕에 흐르는 밤

달이 발코니에 중절모처럼 걸려 있다 〈잠자〉는 〈검〉은 변신 고양이, 뒤쪽 테이블에서 성전환 한 뫼비우스양이 홀로 와인을 마시다 바닥에 잔을 놓친다 카프카가 뒤돌아본다

소리에 살갗이 베이는 나, 달빛 내리는 야경은 끝내 말이 없고 어둠 속 먼 우주로 이어진 S자 계단만 달빛에 반짝거린다 취한 그녀의 뺨에 닿은 내 손은 기억보다 빠르게 지워지고

수학자 누(Nu) 3

　눈먼 말을 타고 폐허의 연산시(市)를 지나고 있다 하늘이
초경 빛깔로 물드는 마천루에 분홍 달팽이들이 자라고 시간
도 키가 자라 25시

　누가 나를 지운다 나무도 빌딩도 포연에 휩싸여 형체를 잃
는 시, 기억은 태(胎)고 공기 속에서 말라가는 전장의 사체
들, 누가 누구요? 내가 묻자

　만물이 침묵한다 침묵은 (　)라서 나는 흰 공백의 꽃밭에
채송화 꽃씨를 뿌린다 내 재를 뿌리듯 광장엔 사라진 새의
울음만 사월의 찬 강물처럼 맴돌고

　누가 우리의 기억을 지운다 통각을 지운다 풍경을 지운다
그때 구름은 태양의 발등을 쪼다 제 발등을 쪼는 새, 번개
속에서 번개의 잔가지들이 싹트고

　나는 포물선을 그린다 비 오는 밤이면 악몽을 꾸는 포물
선, 포물선을 타고 말을 타고 S가 온다 그녀의 보디라인이
라임으로 변할 때 포물선은 뱀이 되어 나를 휘감고

　누가 나를 지운다 다리 위를 지나는 말의 네 다리와 눈먼
눈에 비친 빌딩들, 실루엣 걸친 S의 나른한 하체, 다른 라인
으로 나를 찾아오는 무수한 S의 환영

그때 나는 죽음의 제곱근을 생각하고 |S|를 생각하고, 그 절대치 공간에서 나는 노래하는 돌이 되고 구두가 된다 아무것도 될 수 없는 언어괴물 〈모든〉이 된다

그때 나는 시간이 되었다가 눈동자부터 재로 부서져 흩날리는 새 〈어떤〉이 된다 난센스 수탉 S가 된다 그때 나는 무(無) 속에 알을 낳고 빠르게 암산한다 말의 절대치를

왜 수탉의 머리엔 붉은 선인장 꽃이 피는가 왜 인간의 동공엔 바늘이 꽂혀 빠지지 않는가 왜 나도 혀라는 기형 물고기를 키우는 물렁물렁한 수족관인가

누가 계속 나를 지운다 빛을 지우고 말은 마른 울음을 삼킨다 죽은 짝을 그리며 마른 꽃잎을 맴도는 나비처럼, 나는 포물선을 그리고 나는 지워지는데

어린 나비들이 율동으로 하늘에 그리는 나이테 끌개, 수만 마리 분홍 달팽이들의 애도 춤, 포물선을 타고 말을 타고 내생으로 번지는 아픈 무늬들

수학자 누(Nu) 4

증발중인 시계가 걸린 집 돌계단에서 죽은 말 럭키를 기다리는 초승달이 비치는 원형거울(면적 1) 속의 꿈꾸는 시계가 걸린 집 돌계단에서 참살된 말 럭키를 기다리는 상현달이 비치는 원형거울(면적 1/2) 속의 식은땀을 흘리는 시계가 걸린 집 돌계단에서 극형이 언도된 말 럭키를 기다리는 보름달이 비치는 원형거울(면적 1/4) 속의 녹아내리는 시계가 걸린 집 돌계단에서 꿈꾸는 말 럭키를 기다리는 하현달이 비치는 원형거울(면적 1/8) 속의 매초마다 살이 녹는 집 돌계단에서 금지된 말 럭키를 기다리는 그믐달이 비치는 원형거울(면적 1/16) 속의 원형거울 속의 원형거울 속의 원형거울 속으로…… 무한히 떨어지는 인간의 눈물방울 닮은 빗방울

수학자 누(Nu) 5

비어 카페 Empty Set다 엑스는 칡덩굴 팔을 길게 뻗어 (잔을 잡는다) 남십자성이 빛나는 하늘의 달을 (마신다) 무한혁명가 칸토어가 입원한 북쪽의 공중 포구로 대칭이동 한다 (흰 거품이 꽉 찬) 검고 둥근 도형이 작도된다 (잔은 여체다)

엑스의 눈은 (알코올이 흐르는 하늘) 비어 있다 포구에 배와 수평선을 수직 배치하고 (잔을 비운다) 암고양이 눈 닮은 음악이 흐른다 (목을 타고 흘러드는 찬 기억들) 곡선을 자르는 직선들이 침투한다 (어떤 도형은 독재자다)

높고 먼 북쪽 나라 (핏물이 흐르는 땅) 고양이 울음이 붉게 번질 때 (또 사형이 집행된다) 처형된 목소리는 노란 튤립으로 무한히 만개하고 (유령 a, b, c, d, e……) 찢기는 곡선들 사이로 함박눈이 내린다 (어떤 도형은 죽은 사람이다)

모든 곳에서 볼록인 폐곡선 무덤, 중심 0에서 (세계는 정지한다) 엑스는 팔을 뻗어 (잔을 잡은 손을 자른다) 북극성 없는 밤하늘을 거울처럼 깨고 (알코올이 엎질러지고) 빈 잔에 자유 잃은 흑토를 채운다 (천천히 싹트는 사체들)

Empty Set다 (산 자는 없는 특이점 공간) 엑스가 디딘 바닥이 빠르게 갈라지면서 (크아크아) 천지와 남북을 찢어 역

― 배치한다 (시간은 아무리 마셔도 취하지 않는 맥주) 작도
중인 세계는 끝없이 역(逆)작도되고 (사체에서 싹트며 웃
는 꽃)

―

수학자 누(Nu) 6

대머리 낱말요리사 넌(Non)의 머리에 그의 애완파리 센스(Sense)가 앉아 있다 도로엔 파도가 찰랑거리고 차들이 둥둥 육교 위로 떠간다 왜 이런 비현실적인 도시가 건설된 걸까 누가 낱말호텔 25층 레스토랑에 앉아 추론중이다

요리중인 넌, 소금물 속에 담긴 슈즈라는 낱말을 은젓가락으로 꺼내 말린다 그것은 양고기 질감을 가진 오늘의 디너 재료, 슈즈의 끈을 풀고 광택을 지우고 핏물을 빼고 올리브기름을 입힌 후 달궈진 팬에 올린다

추론은 기묘한 수갑이다 흡연과 몽상과 질문이 금지된 이 도시 쿰, 폐허의 빌딩 벽마다 철근들이 솟아 있다 창밖엔 시계탑, 버스(Bus)에서 우리가 내리자 비가 내리고 택시(Taxi)에는 도끼가 들어 있다 택시에서 아이가 도끼를 들고 내리자

누가 죽음을 연산한다 나누는 항과 나누어지는 항이 모두 무한히 커지는 생존의 극한방정식, 테이블(Table)에서 필리핀 엄마 티와 미국 아들 에이블이 대화를 나누고 있다 싹수야 넌 왜 대가리가 노래? 아빠 닮았으니까! 오 너흰 부자야 개다리 부자

슈즈 요리가 나온다 포크와 나이프로 누가 슈즈의 눈을 파

먹는 사이 넌 디저트를 준비한다 사각의 도마에서 사각으로
토막 나는 세계, 작두콩처럼 두껍고 질긴 껍질에 둘러싸인
세계를 끓는 물에 넣는다

노릇노릇 잘 익어 세계가 물렁물렁해지기를 기다리며 누
가 저녁놀이 깔리는 쿰의 마천루를 응시한다 지갑에서 납작
한 프랑스제 웃음 하나를 꺼내 입에 물고 라이터 불을 붙인
다 웃음은 타면서 독한 타르와 연기를 내뿜고

디저트 접시를 들고 걸어오는 흰 가운의 넌, 센스가 뒤따
른다 갑자기 도시 전체가 꼽추 콰지모도 등뼈처럼 휘고 호
텔 창가의 컵들이 공중의 아스팔트로 박쥐가 되어 날아간다
파도가 부글부글 끓기 시작한다

수학자 누(Nu) 7

항아리에서 귀가 수련처럼 자란다 실뿌리가 희다 나비가
다가오면 무서워하는 꽃을 피우다가 누가 다가오면 어린 창
녀처럼 뒤돌아 앉아 시든다

폐를 도려낸 집, 갈라진 벽을 따라 빛이 예각으로 누수되
고 있다 모든 소리와 색깔과 눈물을 흡수하는 삼각형 집, 나
무는 없고 나무 그림자 혼자 물속을 거니는

모든 모서리가 직각으로 꺾인 무채색 정원, 나비들은 나
풀나풀 피살된 노부부 곁을 날고 귀 잃은 얼굴로 정오가 정
원을 배회하며 망각되고 있다

덩굴장미 담을 따라 늘어선 해바라기 전경들, 오월의 정
원에서 하늘은 지렁이처럼 몸을 비틀며 마르는데 귀가하지
못한 귀 하나 항아리에서 수련처럼 떨고

갈라진 벽 속으로 은폐된 비명이 둔각으로 흡수되고 있다
터질 듯 또 몽우리를 맺는 귀, 무서운 꽃을 피우다가 누가
다가오면 무서워하며 시든다

수학자 누(Nu) 8

거머리들이 지붕을 뒤덮고 있다 하늘은 검은 홍합으로 뒤덮여 있고 갯바위들이 거꾸로 솟아 있다 깊고 어두운 하늘에서 파란 눈의 인어들이 내 침실로 헤엄쳐온다 눈을 뜬 채 나는 꿈꾸고

시간이 수몰된 도시 광주(狂州)다 거머리들이 나사못처럼 지붕을 뚫고 있다 호텔 객실 창마다 실성한 여자들의 머리카락이 수초처럼 흐늘거리고 옥상 위로 핏빛 물결을 따라 요트들이 떠간다

창가로 청어떼가 몰려온다 푸른 공기방울을 피워올리다 어휘가 되어 객실 바닥에 떨어져 파닥거린다 창밖 어둠 속에 비상 테이블이 떠 있고 누가 계엄의 수식을 정밀 기록 중이다

자정이다 밤은 목 없는 거북이고 기이한 해도고 모스부호다 파란 머리칼의 인어가 내 침실을 빙빙 돌며 헤엄치고 있다 지붕을 뚫은 거머리들이 천장에서 뚝뚝 내 눈에 떨어지고 있다

인어가 혀로 내 눈동자를 핥는다 스르르 나는 꿈을 깨며 잠든다 한 마리 물뱀이 되어 나는 창밖으로 헤엄쳐간다 밤의 대기에는 무수한 총구멍이 뚫려 있다 내가 흰 구멍으로

들어가자

　잠 없는 꿈의 세계가 나온다 나는 또 구멍 속으로 빨려든
다 잠 없는 꿈속 꿈속의 꿈속으로 계속 들어가자 참담한 현
실이 나온다 봄밤의 강변이 나온다 사방에서 비명이 들리고

　도시의 정수리에 흰 수레국화가 뭉게뭉게 피어오르고 있
다 육교 계단에 여인의 가슴 한 짝이 떨어져 있고 장갑차들
이 뭉개버린 꽃밭에 소녀가 쓰러져 있다 소녀의 눈엔 강아
지풀이 자라고

　소녀의 꿈을 휘감아 나는 강을 역류한다 꿈 밖 꿈 밖의 꿈
밖으로 계속 헤엄쳐나오자 참혹한 꿈이 계속된다 피를 빠
는 새로운 거머리 비가 내리고 어두운 공중에 흰 테이블 하
나 암호처럼 떠 있다

수학자 누(Nu) 9

카프카에서 카프카를 마시고 카프카가 되었다 카프카는
캄캄한 홀이었고 말안장이었고 과자의 세계였다 카프카는
카프카 말이 되어 새가 되어 유성처럼 날아다녔다 말다세나
추론을 추론하던 누가

빨간 사과를 집어던졌다 카프카는 사과를 삼킨 블랙홀,
관처럼 고독했다 카프카에 취할수록 더 큰 허무와 허기를
느꼈다 심판을 심판하는 심판의 나날 카프카는 계속 카프카
를 비워 진동중인 끈을 따라 빈병이 되어갔다

끈을 따라 과자들이 계속 쌓였고 사방으로 카프카 진공이
넓게 퍼져갔다 누가 계속 기네스를 가져왔다 누가 계속 흑
색의 죽음을 통고했다 끈으로 목을 휘감아 조이는 물뱀 같
은 음악이 흐르고

카프카는 카프카를 집어던졌다 사포처럼 거칠거칠한 카
프카의 입속에서 비명과 혁명과 연기가 새빨간 담뱃불과 함
께 솟았다 우주처럼 카프카는 정전되었고 카프카는 계속 장
전되었다

카프카의 출구는 처형된 자들의 심장 핏줄처럼 비좁게 막
혀 있었다 누가 내 몸으로 들어와 철문을 굳게 닫고 무인
행성이 되었다 카프카는 낙서투성이 벽에 변신 이후를 쓰

기 시작했다

  그때 우주의 끝에서 총성이 울렸고 놀랍게도 탄환은 이미 내 눈썹 앞에 도착해 있었다 나는 한 치의 망설임도 없이 두 눈을 부릅뜨고 탄환과 탄환의 무한한 배후를 응시했다

수학자 누(Nu) 10

얼음꽃 핀 방 아미그달린에서 슈만을 듣는다 귓바퀴로 흘러드는 달빛, 나는 서서히 부레가 부풀고 배에 지느러미가 돋는다 창가의 화분들은 이브닝 빵처럼 부풀고 연못에 퍼지는 비의 파문들

그것은 밤의 클라라 웃음소리, 아가미 달린 방 아미그달린에서 내가 물고기가 되어 헤엄칠 때 벽 속에서 새가 운다 음들은 얼음벽에 닿아 살갗을 베이고 바닥에 떨어져 날개를 파닥거리는 시계

누가 연주하는 도돌이표 악보일까 아침은 점심은 저녁은, 늘 생일이고 기일인 땅속의 방에서 슈만 없는 슈만을 들으며 내 귀는 점점 자라 나팔꽃이 되고 뿌리 무성한 벙어리 소나무가 되고

흙으로 덮인 방, 지붕에서 누가 못질을 한다 방은 즉시 망치 든 손을 삼켜 맨드라미 배꼽만한 숨구멍을 만든다 빛이 쏟아지고 구멍 밖의 세계에서 구름이 파란 핏물에 섞여 흘러들기 시작하자

방은 나를 더 깊이 빨아들여 멀리 뱉어버린다 눈을 떠보니 19세기 독일 숲이다 이끼 냄새가 파랗다 짐승에 할퀴인 가문비나무들이 늘어선 강변이 보인다 나뭇가지에 물고기

들이 주렁주렁 달려 있고

  어린 풀꽃들이 파란 알약처럼 피어 있다 거꾸로 선 숲에
거꾸로 자라는 버섯들이 보이고 실어증 새들이 앉아 있다
새들은 급히 엔데니히 정신병원 쪽으로 날아올라 나사못처
럼 밤하늘을 뚫는다

  병원 옥상 위에 폐가처럼 피아노가 떠 있다 하늘은 온통
금간 거울로 뒤덮여 있고 그 아래 구름 아래 숲 아래 묘지
아래 파헤쳐진 무덤들 아래 미라처럼 무수히 누워 있는 아
가, 아가, 아가들

  나는 초초히 청색 새들이 머물던 나무로 간다 깃털이 하
나 떨어져 있다 깃털을 집자 그 즉시 내 손은 파란 피로 물
들고 나는 달린다 속옷을 찢어 손에 빙빙 감고 달린다 달리
며 나는 본다 내 손에 들린 건

  빗물로 빚은 청동의 열쇠, 나는 잠긴 방 아미그달린을 향
해 가시덤불 숲을 마구 헤쳐나간다 내 뒤로 무덤들이 달리
고 눈꽃이 달리고 나무들은 모두 악기가 되어 아름답고 두
려운 시계 소릴 내고

수학자 누(Nu) 11

열차 T3는 방금 하우스도르프의 얼굴에 도착했다 눈의 두
서랍이 열리고 해와 달이 나왔다 나는 역 근방 타임광장으
로 갔다 십일층 높이의 코병원이 나타났다 오백 년 전에 죽
은 아이 유리가 코 없이 웃고 있었다

2442년 아침이었다 해마 닮은 여자들이 T2 광장을 지나
출근하고 있었다 나는 중세의 서남아시아 지도 닮은 턱을
지나 목을 따라 걸었다 나비들이 꽃들과 숨바꼭질하는 민들
레 날짜변경선이 나타났다

위도를 따라 폭풍우가 왔다 가고 경도를 따라 비바람이
흰 국화를 들고 문병을 다녀갔다 얼굴의 좌측 끝은 머리카
락으로 덮여 있었고 거기부터 대륙이었다 지진과 불, 재의
전쟁이 끊이지 않는

한때 연인이었다가 두 개의 무인도가 된 귀가 풍랑 속에
서 쓸쓸히 나부꼈다 가끔 해적선이 출몰하는 곳에 눈동자가
빛났다 유리와 난 곳에 앉아 곳과 시간의 폭정 시대, 살인과
광기의 세월을 되뇌었다

악몽이 되살아났고 식은땀이 났다 가끔 귀신고래의 슬픈
허밍이 내 몸과 유리의 몸 해저에서 동시에 울렸다 조금 걷
자 묘지가 나타났다 묘비 앞에 세 사람이 서 있었다 하나는

미래에서 온 남자 시신이었고

하나는 과거에서 온 태어나지 않은 소녀였고 하나는 형체
조차 없었다 모두 나였으나 나를 외면하고 그들은 묘지 속
의 잠든 자들을 불러내 떠들었다 싱겁게 웃으며 줄담배를
피워댔다

연기는 1차원과 2차원 사이 물놀이공원으로 말은 3차원과
4차원 사이 귀신빵집으로 빠져나갔다 나는 열차 T4에 올랐
다 엿가락처럼 흰 레일을 달리며 창밖을 볼 때 20세기에서
온 여자가 내 옆자리에 잠들었다

전생의 내 아내 안나(aNNa)였다 그녀는 온통 아름다운
나이테뿐이었다 철로를 따라 꽃들이 따라오고 있었다 꽃도
자세히 보면 무수히 옹이가 박힌 이방인의 얼굴, 내가 만난
이방인의 손과 발은 왜 늘 찬가

나는 눈을 감고 그녀의 찬 잠결 속으로 조용히 잠겼다 구
름 위로 식탁이 지나가고 빵들이 부풀었다 고래의 긴 울음
으로 누가 내 몸을 빠져나가는 소리 들렸고 기침하는 허공,
침묵이 치약처럼 흘렀다

수학자 누(Nu) 12

　밤이면 곡률이 비대하게 커지는 집, 숨은 혀를 찾아 고양이처럼 달이 지붕 위를 거니는 봄밤이었다 창가의 촛불은 고요히 제 머리를 태우고 침대 모서리엔 캥거루 부인, 어린 숲을 회상하고 있었다

　방문을 밀치며 취한 공군 대위가 들이닥쳤다 그는 한때 조련사였고 탁자를 엎었다 창이 깨지고 기억들이 깨지고 형광등이 조각조각 바닥에 흩어졌다 캥거루는 만삭의 배를 안고 둥글게 고꾸라졌다

　달에서 흑설탕이 쏟아졌다 밤나무는 뒷마당에서 어두운 빛을 흘리며 짐승처럼 울었고 자정 넘어 대위가 야간비행을 떠나자 집은 곧 불길에 휩싸였다 뱀의 혀처럼 날름거리며 춤추는 불

　탱자나무 울타리에 숨어 나는 눈을 부릅뜨고 바라보았다 작은 약병만한 내 심장 속으로 달도 내려와 숨고 부러진 밤의 늑골 아래로 불붙은 집의 살점들이 뚝뚝 떨어졌다 누가 나를 엿보고 있었다

　하늘에서 수십 개의 흰 알약 닮은 별들이 마당에 떨어졌다 하늘을 자르는 비행기 불빛 따라 아직 태어나지 못한 아기의 울음이 촛농처럼 전생으로 흐르는 봄밤이었다 그날 이

후 나는 보았다

 그 집 초인종 소리가 시퍼렇게 녹슬어가는 것을, 밤마다
불탄 지붕 위로 휙휙 달리는 캥거루의 멍투성이 맨발을, 제
살을 뚫고 나온 탱자나무 가시들이 고양이 울음소리를 내며
하늘을 할퀴는 것을

 지금은 없는 집, 저수지 속에서 아직도 불타고 있는 설탕
공장 그 옛집, 첨벙 물속에 뛰어들면 집은 숨은 혀로 나를
휘감아오고 수초 사이에서 물고기 눈을 반짝이며 나를 쳐
다보는 별들

 검은 마름 하나가 입술을 뚫고 들어와 내 잠든 혀를 찌른
다 이빨 사이로 차고 아픈 피가 번졌다 기억은 늘 습곡중
인 침묵의 퇴적층, 나도 천천히 망각 속으로 익사중인 곡
률 0의 집

수학자 누(Nu) 13

시계는 어젯밤부터 생리중이다 지붕에 거대한 톱이 박힌
건축가 아키의 집 M, 잠옷 차림의 타이머 부인이 침실 바닥
에 널브러진 얼굴 도면 하나를 집어든다 붉은 사과 껍질이
돌돌 말린 노파의 얼굴

껍질을 벗기자 기이한 행성이다 분화구에 초파리들이 탄
환처럼 들끓고 있다 황토 언덕엔 무인 탐사우주선 휴먼이
보이고 시계가 흘린 핏물이 끈적끈적 타이머 부인 발등에
떨어진다 아키, 이거 나야?

아키는 지붕에서 톱을 톱질하고 있다 밤하늘은 쇠막대에
꽂힌 스테이크처럼 빙글빙글 돌며 익어가고 시침 끝에 맺힌
핏방울이 떨어진다 타이머 부인의 가슴을 타고 배꼽을 지
나 가랑이 사이로

지붕에서 아키가 소리친다 손을 다쳤어 약상자 가져와!
도대체 사다리는 누가 치운 거야? 어느 세기로 사라진 거
야? 하늘 한복판에 혼령처럼 사과들이 떠가고 손이 거꾸로
박혀 있다 껍질이 검게 탄,

다섯 갈래 흰 뼈가 드러난 신의 왼손, 시계의 하복부에서
핏덩이가 울컥울컥 쏟아진다 정원엔 맨드라미 얼굴처럼 주
름진 밤공기, 꽃들은 몸속에 흰 변기를 키우는 검은 사제들

이어서

　죽음을 설계한 누가 사다리를 들고 골목 끝으로 사라진다
헤이 이봐! 아키가 소리쳐도 소리는 다른 차원에서 되울려
오는 영원한 물결이고 파동일 뿐, 시계는 계속 미래로 물컹
물컹 생리혈을 쏟는데

　공기 속에서 부식하는 사과들, 눈은 늘 썩고 있는 얼굴에
달린 기형의 과일이어서 그 곁의 꽃은 전생의 입인 씨방에
꽃씨를 사생아로 남긴다 잠든 타이머 부인의 귀에서 비늘
달린 시계가 헤엄쳐나온다

　그것은 입술 그것은 지느러미 달린 음부 그것은 너덜거리
는 혀 그것은 파닥거리는 물고기 그것은 파닥거리는 심장
그것은 파도치는 수학책 그것은 탄흔이 남는 기하학 육체

　n차원 다양체 M을 n차원 집으로 분할할 수 있을까 n이
3일 때 n이 4일 때 아니 그 이상일 때, 음들이 소외된 색에
섞여 흘러내리는 침실, 아키! 아키! 나체의 남자 포즈로 걸
어나온다 방아쇠 달린 꿈이

수학자 누(Nu) 14

밤의 숲속 펜션이다 빗속에서 누가 창을 계속 두드린다 잠
에서 깨어보니 폭우가 내린다 속옷까지 젖은 마고자 차림
의 노인 나유타가 서 있다 입술이 뜯겨 있고 턱을 타고 피
가 번지고 있다

옆구리에 도화(桃花)나무 가지가 돋아 있다 노인은 나무
를 쑥 뽑아서 내게 건네주며 말한다 이 아인 내 증손녀 문
체요 아이를 꼭 살려주시오! 노인의 옆구리에서 강물이 콸
콸 쏟아진다

서쪽 하늘에서 번개가 친다 나는 떨고 있는 아이의 얼굴
을 본다 며칠째 내가 꿈속에서 마주쳤던 눈먼 소녀다 등은
흰 꽃잎으로 덮여 있고 가슴과 배엔 초서체 문자들이 어지
럽게 휘갈겨져 있다

내가 비옷을 걸치고 밖으로 나가자 노인은 사라지고 하늘
에 파란 곡선이 길게 번진다 암벽에 숫자와 한자가 섞인 개
화방정식이 음각된다 나는 다시 펜션으로 돌아와 욕실에서
아이를 씻긴다

노란 수건으로 아이의 젖은 배를 닦자 검은 문자들이 지
워지면서 아이의 살이 뱀 껍질처럼 한 꺼풀 한 꺼풀 벗겨진
다 그때마다 아이는 물고기를 게우면서 울고 두 손은 고대

산술서처럼 낡아간다

　새벽 네시, 내가 침실로 들어서자 내 침대에서 서기 660년
경의 백제 필경사 노인이 내 잠옷을 입고 잠에서 깨어난다
내 손에 들린 빨간 물고기를 보더니 놀란다 그 천도복숭아,
어디서 났소?

　나는 의자 너머 창밖을 가리킨다 암벽도 하늘도 온데간데
없고 숲은 온통 칠흑의 뱀들로 가득찬 복숭아밭이다 사라
진 노인의 한 서린 울음이 차곡차곡 차올라 한 권 불의 서
책이 되고 있다

　밤의 숲속 펜션이다 내가 잠든 사이 벗어놓은 옷들이 새
가 되어 숲으로 날아가고 빗줄기는 점점 굵어진다 이 밤의
폭우는 누가 하는 기이한 낚시질일까 누가 또 내 메마른 꿈
의 창을 두드린다

수학자 누(Nu) 15

토성 쪽으로 연어들이 회귀하고 있었다 소리는 복숭아 씨
방 속에서 애벌레처럼 꿈틀거렸다 물속에서 달이 잉어 비늘
을 반짝일 때 죽음이 눈을 뜨고 내게 첫 물음을 던졌다 무자
(無子)여 넌 왜 죽었니?

나는 방파제에 앉아 어린 치어들이 뛰노는 바다의 유치
원을 바라보았다 물속에서 별들이 반짝거렸고 바다는 붉은
게(偈)들을 게우며 놀라운 기침을 했다 시간의 역류는 계
속되었고

토성 쪽으로 연어들이 헤엄치고 있었다 나는 해인(海印)
의 등대 꼭대기로 올라가 하늘을 가로지르는 무한한 파도
의 격랑을 올려다보았다 소리는 씨방을 뚫고 나와 첫 날개
를 파닥거리기 시작했다

그때 죽음이 두번째 물음을 던졌다 관음(觀音)아 고통 속
에서 넌 왜 계속 윤회중이니? 해저에 가라앉은 배와 죽은
잠수부들의 침묵이 바늘처럼 날아와 내 눈을 찔렀다 모든
게 꿈결 같았다

수평선에서 거대한 수레바퀴가 돌고 돌았다 섬들이 둥둥
공중으로 떠오르자 수면 위로 색색의 사과들이 구르며 보름
달처럼 빛났다 나무관세음보살—나는 극심한 가슴 통증과

함께 새벽에 쓰러졌다

　소리가 날아왔다 소리 뒤로 하얀 침대도 날아왔다 침대는
나를 태우고 목어처럼 날았다 저 깊은 어둠 속 어딘가에 응
급실이 있다는 듯 공중을 날았다 그때 신의 육성인 듯 세번
째 물음이 울렸다

　아무것도 아닌 부자(不者)여, 이 가난한 세계를 무(無)엇
으로 그릴 거니? 소리는 원을 그리며 날아갔고 난 해무가 짙
게 깔린 천공사(天空寺) 뒤뜰에서 아비치의 아비치의……
기나긴 전생을 목격했다

　모든 게 환영(幻影)이었지만 안팎이 모두 뼈이자 살인 나
의 가난하고 아픈 뫼비우스 육체들이었다 나는 혀를 깊이
깨물고 하늘에서 땅으로 뛰어내렸다 눈을 떠보니 차디찬 어
둠 속이었다

　무수한 시간과 공간이 응집된 복숭아 씨방, 양수와 오줌
으로 가득찬 작은 방이었다 나는 눈조차 생기지 않은 작은
물고기였고 소리는 계속 우주를 돌면서 무한을 향해 날아
갔다

　늙은 게 부부가 죽은 새끼의 빈집을 밀며 이사가는 달밤

— 이었다 내 몸을 떠난 무채색 시간들이 다시는 삶으로 되돌
아오지 말길 간절히 기도했다 모천으로 연어(緣語)들이 돌
아오고 있었다

수학자 누(Nu) 16

제7인공수면실 Time Captives 나는 16940시간째 동면 상
태다 내 우측 수면 캡슐엔 힌두우주인 마야(maya), 출입문
의 빨간 눈이 빔을 뿜으며 빠르게 깜빡이자 투명체 유리 캡
슐들이 열린다

등에 파란 촉수가 달린 파동생물 카이가 들어온다 긴 혀
로 내 얼굴과 마야의 눈을 핥는다 파르르 눈꺼풀을 떨며 나
는 깨어난다 긴 터널 같은 환몽에서 마야도 깨어난다 우린
키스한다

카이가 가늘고 긴 촌충의 모습으로 변하더니 마야의 눈
꺼풀을 뚫고 들어간다 누가 실명한 신의 눈을 뜨고 응시한
다 마야의 살이 파랗게 변한다 머리칼은 버드나무 줄기처
럼 흐늘거리고

유방은 한 쌍의 흑조가 되어 북두의 하늘로 날아간다 내
가 손을 뻗어 마야의 뺨을 어루만지자 그녀의 눈 속에서 내
눈을 태울 듯 노려보는 카이의 눈, 내가 주춤주춤 물러서자
누가 나를 부른다

나는 무명인데 귀조차 녹아내려 없는데 누가 계속 내 멸
실된 이름을 부른다 그때마다 수축하는 잠 팽창하는 꿈, 마
야의 눈 속에서 거대한 말미잘 촉수가 뻗어나와 내 목을 휘

＿ 감아들어간다

　순식간에 마야 속에 갇힌다 꿈을 깬 육체 속에 남겨진 꿈
처럼, 이곳은 망각된 시간의 외계(外界)일까 누구의 삭제
된 슬픔이고 누구의 망실된 기억일까 미친 눈썹들이 흩날
리는 해저 같다

　나를 흡입한 마야의 몸이 풍선처럼 부푼다 나는 수평파
를 따라 종이배처럼 핏속을 떠내려간다 아기들의 울음이 울
리는 에코의 방을 지난다 살 속은 전자회로망이 실핏줄처
럼 깔려 있고

　나는 더듬더듬 벽을 짚으며 거미줄 모양의 신경망을 지나
후두부로 간다 자율신경 계단을 오르자 주름진 방들이 보
인다 마야의 뇌다 종양처럼 꽃들이 피어 있다 망자처럼 떠
도는 달

　감금 이틀째, 척추 속이다 뼛속에 고인 구름을 따라 흉부
로 간다 폐엔 파란 물이 고여 있다 죽은 자의 입술을 닮은
물고기들이 헤엄치고 있다 누가 음경(陰經)을 들고 태양에
게서 불을 훔치고 있다

　그것이 내 유실된 주검이라는 듯, 나는 척수를 타고 방

광 쪽으로 방류된다 음모로 뒤덮인 아름다운 해안이 나타
난다 지수화풍공(地水火風空) 누가 해변에서 다섯 개를 풀
어놓고 있다

　나는 모래언덕에 올라 무한수평선 레(Re)를 바라본다 내
실종된 귀가 돛단배처럼 떠다니는 바다, 내가 물속으로 뛰
어들자 내 몸은 시퍼런 핏물로 뒤덮이고 수평선 너머에서
밀항선처럼 간이 떠온다

　절벽에서 누가 외치고 있다 마야! 마야! 날 내보내줘! 나
도 따라 소리친다 소리칠수록 우리의 몸은 밀랍처럼 녹고
사방에서 카이의 웃음만 싸늘히 커진다 내 모든 기연(其然)
이 불연(不然)인 이곳

　감금 나흘째, 나는 마침내 항문에 도착한다 괄약근이 꽃
처럼 오므라져 있다 나는 온 힘을 다해 그녀의 몸을 빠져나
간다 바깥은 이형의 외계다 지구로부터 108광년 떨어진 암
흑우주 아이엠(Im)

　해마처럼 생긴 생물들이 반투명 액체 속을 둥둥 떠다니고
있다 색색의 시간들이 기나긴 해초가 되어 파동을 따라 출
렁이고 있다 수면 위로 동면중인 내가 든 유리 캡슐이 무수
히 떠오르고 있다

수학자 누(Nu) 17

푸른빛 아지랑이가 너울거리는 진공우주다 큐브들이 떠
가고 있다 관 모양의 캡슐들이 나팔관 터널로 빨려든다 한
캡슐엔 소수인간 나(P), 냉동 미라 모습으로 누워 있다

초록불이 깜빡거리고 나는 잠을 해동중이다 어디로 떠가
는 걸까 이 기나긴 환몽의 항해는 언제까지 계속될까 어둠
속으로 푸른 외계 뱀들이 살 스치는 소리

에코가 나이테 그리며 퍼지고 나팔관 터널로 빨려드는 얼
음 별들, 해저의 눈먼 물고기들 같다 금속 새들이 전자음을
내며 빠르게 날아온다 캡슐을 스치는 비행체들

포도주 병목처럼 긴 홀 속으로 새들은 빨려들어가고 나의
캡슐 100미터 상공에 거대한 보라색 라일락이 만개한다 꽃
봉오리에서 사람 손 닮은 거미들이 내려온다

나선 거미줄 떼로 캡슐을 친친 휘감아 라일락 기지 속으
로 사라지고 암흑의 대기를 타고 찬 물결파가 지나가고 유
성우가 세차게 쏟아진다 떠도는 무수한 돌과 얼음과 먼지

어떤 별은 산산이 부서져 유리의 폭우 속으로 휩쓸려가고
어떤 별은 타원 궤도를 돌며 까마득히 멀어지고 어떤 별은
눈도 입도 없는 아이 형상으로 어둠 속을 날고

태양계에서 17억 광년 떨어진 평행우주 바이러스(VI-RUS)계다 25세기다 볼처럼 생긴 행성 아홉이 입을 벌린 채 궤도를 돌고 있다 굶주린 숨쉬는 행성들, 깊은 들숨 따라

캡슐들이 세번째 행성의 입으로 빨려든다 지층에 점점 가까워지자 땅에서 혀들이 말미잘처럼 길게 뻗어나와 캡슐들을 받는다 금속 새들의 날갯소리 더 크게 울리고

캡슐 뚜껑들이 열리고 소수인간들이 눈을 뜬다 2 3 5 7 11 13 해동이 끝나고 서서히 의식이 돌아오는 나, 관자놀이의 파란색 기억 재생 버튼을 누른다 그동안 내 냉동 신체에

무슨 조작과 변조 무슨 음모들이 벌어진 걸까 기억 중 극히 일부분만 파편처럼 뇌에 박혀 있다 죽은 인간들이 모래알처럼 우주에 흩뿌려지는 장면, 흰 빛줄기와 섬광들

뇌처럼 주름진 동서의 하늘이 파도처럼 충돌해 폭우를 뿌리던 장면, 진짜 기억일까 캡슐이 인공으로 이식한 꿈 아닐까 강렬한 빛줄기가 얼굴로 쏟아지기 시작한다

눈꺼풀을 빠르게 떨며 손으로 내 몸을 더듬는데 눈앞에 보인다 변이 행성 카르마, 붉은 외피에 왕관처럼 뾰족한 노란

돌기들이 촘촘히 돋아나 행성 전체를 둘러싸고 있다

　행성 우측의 행성은 회색 지표에 빨강 꽃들이 촘촘하게 돌
출해 있다 뒤편의 또다른 행성은 농구공을 닮았다 보라색
지표 가득 연두색 꽃들이 나팔 모양으로 피어 있다

　나는 반수면 기계 몸, 캡슐에 수평으로 누워 있다 희미한
잔상으로 남은 지구와 꿈의 파편들, 색색의 금속 새들, 눈앞
의 현실 모두가 내 몸에 뒤엉킨 외계 뱀 코라 같다

　그때 거대한 육면체 큐브가 흰빛을 발하며 떠온다 17×17
회전체 타임큐브다 나는 눈살을 찡그리며 상체를 일으킨다
우두둑 뼈가 맞춰지고 큐브 창이 열리자

　플라스틱처럼 녹아 흐르는 신의 알몸이 나타난다 환영일
까 잔몽일까 망상일까 실재일까 큐브는 내 코앞까지 다가와
회전을 멈추더니 인간의 두개골 형상으로 변한다

　표면이 굴곡이 심한 액체 금속으로 덮여 있다 뇌가 두개골
밖으로 흘러나와 그대로 굳어버린 모습이다 일렁이는 뇌의
물결로 매순간 나를 되비추는 액체 거울, 무수한 비늘 같다

　물결 파동 따라 출렁출렁 일그러지는 안면 광대뼈, 타임

큐브의 입이 보이지 않는다 환기 구멍이 있어야 할 코는 먹
구름으로 막혀 있다 텅 빈 두 눈은 태고의 동굴 같다

　동굴에서 파란빛이 깜박이다 아기 웃음소릴 내며 꺼지고
물안개가 피어오른다 불의 환영일까 미래에 꿀 꿈이 허상으
로 미리 영사되는 걸까 난 심한 통증을 느낀다

　이식된 인공심장을 누른다 왼쪽 팔뚝에 동면마취 주삿바
늘이 꽂혀 있다 투명 미세 호스를 타고 노란 호르몬이 심장
으로 주입되고 있다 호스 중간중간 불이 깜박거리고

　두 다리는 복제 금속으로 바뀌어 있다 무중력 과학 실
습 때 접한 바로 그 대리인체 변형 금속이다 형상기억합금
의 25세기 버전으로 타인의 뼈와 핏줄을 복제하여 만든 인
조 골각

　누구의 다리였을까 누구의 다리와 섞여 내 몸에 붙어 있는
걸까 내가 전혀 기억할 수 없는 기억들을 다리는 기억하고
있을까 나는 계속 반수면 상태다 타임큐브 정수리에

　위험 경고문이 붙어 있다 뜨거운 열이 바닥에서 올라와 실
수하면 4도 화상을 입고 무서운 환각을 보게 된다는 내용이
다 나는 타임큐브의 귀 쪽으로 천천히 이동한다

예상과 달리 귀 안은 평평하다 열기 때문인지 반고체 바닥
이 문어처럼 꿈틀거리고 있다 타임큐브 전체가 굉음을 내며
움직이자 만곡중인 천장과 벽들이 겹겹 중첩된다

큐브가 다시 회전하고 나는 눈 쪽으로 이동한다 그때 갑
자기 나의 머릿속에서 소녀의 비명이 울린다 울부짖는 짐
승의 기계음 같다 내 오른쪽 대뇌반구에 통증이 몰려오고

편도체를 의심한다 나는 소녀의 얼굴을 기억해내려 애쓴
다 큐브의 오른쪽 귀에서 금속 새들이 날아들고 있다 내 주
변을 빙빙 돌면서 상하전후좌우에서 연속 빔 촬영한다

타임큐브의 중앙 뇌 쪽으로 이동하는데 내가 기억하려던
소녀가 큐브의 왼쪽 귀에서 걸어나온다 손에 에덴의 사과를
든 어린 신의 모습이다 배엔 먼 옛날 푸른 지구 문신

나와 눈이 마주치자 소녀 신의 얼굴이 점점이 흩어진다 사
과도 가루가 되어 바닥에 흩어지고 사과 속에서 무지개 빛
깔의 금붕어 한 마리가 나를 향해 헤엄쳐온다

손으로 잡자 금붕어는 뜨거운 수은처럼 내 배에 떨어진다
배꼽은 연기를 내며 지름 1cm 구멍이 뚫리고 진공 속을 떠

도는 먼지들이 어린 신의 음성으로 속삭인다

  21세기 지구는 예고된 노아의 방주였다 인간들아 미래는 무한히 지속 가능하다 너희 없는 세계 너희 없는 우주 너희 없는 생물계, 어린 신의 음성이 회한의 울음으로 회오리친다

  지구여, 숨결 깊이 새겨라 태평양은 심장, 단원(丹元)이고 수령(守靈)이니* 사방팔방 붉은 노을 퍼트려라 남북극은 폐, 호화(皓華)고 허성(虛成)이니 설원에서 눈사람과 뛰놀아라

  남미는 간, 용연(龍烟)이고 함명(含明)이니 푸른 맨드라미처럼 웃어라 북미는 담낭, 용요(龍曜)고 위명(威明)이니 죽은 자와도 살 붙어라 번개와 우레로 막힌 혈을 뚫어라

  아프리카는 신장, 현명(玄冥)이고 육영(育嬰)이니 맹수 눈동자 속 반달이다 한반도는 비장, 상재(常在)고 혼정(魂停)이니 토란 부인처럼 치마를 나풀거려라 사기(四氣)를 조화시켜 태극 춤을 추어라

  지구는 떠다니는 원환체 숲, 눈물로 그려라 세계 삼각형을, 아메리카 사슴(꼭짓점 A) 유럽 사슴(꼭짓점 B) 아시아

사슬(꼭짓점 C), 삼각형은 연대하라

  희미하게 기억난다 내가 냉동된 이유, 지난 21세기는 지
구의 기생 종족인 인간들의 고독의 수난 세기, 인간에 대한
바이러스의 역습의 세기였다

  이곳은 태양계에서 17억 광년 떨어진 평행우주 바이러스
계, 볼처럼 생긴 행성 아홉이 입을 벌린 채 궤도를 돌고 있
다 신음하며 숨쉬는 우주, 깊고 거친 날숨 따라

  나는 나팔관 터널 밖으로 배출된다 푸른 물방울 행성이 보
인다 수면에 점점 가까워지자 물에서 아기 손들이 길게 뻗
어나와 캡슐들을 받는다 우주의 자궁일까

  캡슐들이 열리고 냉동 소수인간들이 녹기 시작한다 2017
2027 2029 2039 지난 370년 동안 나의 냉동 신체에 무슨 꿈
들이 펼쳐진 걸까 나는 영원히 떠도는 먼지

  기억이 생생해진다 죽은 인간이 무수히 매장되던 들판,
소수 생존자들이 캡슐에 담겨 우주로 방출되던 사막, 하
늘을 뒤덮던 검은 눈송이와 연기들, 여긴 도대체 어디일까

  왜 나는 이 어두운 진공을 계속 떠도는 걸까 환생하는 몸

들 숨들 물음들, 왜 나는 원인조차 알 수 없는 암흑우주 속
으로 계속 흡입되는 걸까

  캡슐이 점점 좁아지는 낯선 통로 속 또다른 우주로 날아
간다 무한한 어둠 속 한 줄기 빛을 찾아서, 아 저멀리 반짝
거리고 있다 초록빛 알, 아지랑이 너울거리는

*『황정경(黃庭經)』에서 이름과 자(字)를 인용함. 『황정경』은 중
국 위·진(魏晉) 시대에 양생(養生)과 수련의 원리를 기록한 도교
경전이다. 황(黃)은 중앙의 색이고 정(庭)은 사방의 가운데로 황
정(黃庭)은 인간의 성(性)과 명(命)의 근본을 가리키며, 양생과 수
련의 요체는 명리(名利)를 탐내는 마음이 없는 무욕(無欲)에 이르
는 것이다. 왕희지(王羲之)의 필적으로 유명해진 황정외경경과 상
청파(上淸派)가 개작하여 이름 붙인 황정내경경이 있다. 원래 명
칭은 각각 태상황정외경옥경(太上黃庭外景玉經), 태상황정내경옥
경(太上黃庭內景玉經)이다. 『황정경』에 의하면 우리의 몸은 소우
주고 신전(神殿)이다. 밖으로는 사지(四肢)와 아홉 구멍이 있고
안으로는 오장육부(五臟六腑)가 있어 각각 신(神)이 머물며 몸을
지킨다. 지구를 숨쉬는 생명체로 보고 황정경의 시각을 적용했다.

수학자 누(Nu) 18

폭설이 내리는 십이월의 밤, 나의 고양이 러셀이 칠면조를 잡아먹었다 나는 내 미래의 장례식장에 다녀왔다 쓸쓸히 돌아와 소주잔을 기울이던 새벽, 당신의 집 사층 계단에서 색색의 마임을 목격했다

해파리처럼 어둠 속을 둥둥 떠다녔다 내가 손을 펼치자 노란빛의 마임이 뫼비우스 원을 그리며 물새처럼 내 손바닥에 내려앉았다 날개에 달린 눈은 찢겨 있었다 다 자라지 못한 태(胎) 속 귀

어느 우주에서 날아온 빛깔들일까 날개 밑에 깨진 운석과 모래와 유릿조각이 촘촘히 박혀 있었다 내가 깃털을 쓰다듬자 어떤 마임은 내 팔뚝에 정맥 빛깔 하이포사이클로이드 곡선을 그렸다

나는 스탠드 전등을 켜고 상처를 소독했다 흰 붕대를 감아 창가에 올려놓자 파란빛의 마임은 나의 백지에 파란 눈물을 쏟았다 눈동자에 맺힌 밤하늘에 어혈(語血)이 물고기처럼 맴돌았다

해파리 실처럼 끈적끈적 살을 풀어내면서 그들은 내 눈 속의 진공을 응시했다 너는 무한히 확장중인 구(球), 무한개 점이야 세계는 그 연결 궤적을 따라 회전하며 태어나는

기하학 새장들

　마임의 말에 나는 칠면조처럼 유리되었다 마임들은 창 너
머 눈송이 사이로 날개를 파닥이며 날아갔다 그 너머 내 미
래보다 까마득히 먼 전생의 하늘에서 무쇠솥 하나 둥둥 떠
다녔다 나의 백골처럼

　나는 홀로 남아 보통위상공간의 부분공간인 유리수 집합
큐(Q)가 당신과 나의 비(非)연결공간임을 증명하기 시작했
다 그건 울음이 살에 마른 불면의 마임이다 증명을 살해하
기 위해 태어나는 증명의 사생아들

　하늘에서 어린 돌고래들이 천천히 지붕으로 내려왔다 폭
설이 폭설을 폭설로 지워나가는 이생의 기이한 겨울밤, 수
억 년 전에 사라진 별빛들이 죽지 않은 당신의 눈처럼 아름
답게 반짝이고 있었다

음시, 비존재의 집

박혜진(문학평론가)

1. (+)시와 (-)시

언어가 존재의 집이라면 이 세상에 비존재를 위한 언어는 없는 걸까. 존재하지 않으므로 형식조차 필요하지 않다고, 아니 그런 형식은 존재할 수 없다고 말하면 그것으로 충분한 걸까. 그러나 좀처럼 수긍할 수 없다. 거기에 모순이 있다. 문학의 세계를 지탱하는 제1공리는 존재의 의미가 결정되어 있지 않다는 것이다. 누구도 의미를 독점할 수 없다. 존재의 의미는 사유의 주체에 따라 확장하거나 번복될 수 있으며, 그런 한에서 문학은 선택적 세계가 아니라 양립의 세계다. 전복과 선택으로 세계의 질서를 설명하는 것이 아니라 공존과 증식으로 세계의 무질서를 설명한다. 존재의 개념과 범주가 유동적이라면 불가분의 개념인 비존재의 개념과 범주 역시 유동적이어야 할 것이다. 존재의 의미에 닿기 위한 사고의 과정이 가치 있다면 비존재의 의미에 닿기 위한 사고의 과정 역시 동일한 이유로 가치 있다. 언어가 존재의 집이라면 이 세상엔 비존재의 집도 있어야 한다.

그렇다고 해서 비존재가 존재의 대립항이거나 상대적인 개념이라고 볼 수만도 없다. 가령 삶과 죽음, 기억과 망각에 대해 우리는 두 가지가 대립적인 개념이라는 생각을 갖고 있는 한편 그것은 언어에 의한 합의된 결정일 뿐 두 세계는 동시에 존재하고 각각을 명확하게 정의 내릴 수 없기에 무엇이 존재인지 혹은 얼마만큼이 존재인지 논증할 수 없다는 생각 역시 한다. 각각을 이르는 명칭은 주된 상태에 대한 일반화된 호명일 뿐이다. 존재를 중심에 둔 합의된 언어는 생략과 일반화를 필요로 하기 때문이기도 하지만 상태를 간단히 바라봄으로써 얼마간 거짓을 말하는 것이야말로 서로 다른 인간이 공동체를 이루며 살아가는 여기에서 공약수로서의 기능을 하기 때문이다. 그럼에도 비존재에 대한 존재의 우세는 존재를 드러내는 언어의 우세를 부른다.

언어와 존재가 서로를 보우하는 세계에서 비존재의 세계를 드러낸다는 것은 무모한 일이거나 실패를 예정한 일일 것이다. 존재하지 않는 것을 이야기하기 위한 최소한의 도구가 없기 때문이다. 어쩌면 그것은 세계를 설명해 보이겠다는 철학자의 목표에 비견할 만하다. 철학자는 세계를 재기 위한 자기만의 측정 도구, 즉 개념을 만든다. 그러나 개념화하며 논증하는 것은 시의 형식이 아닌 탓에 철학적인 시인 함기석은 수학의 언어를 자신의 시에 적극적으로 수용함으로써 수학적 언어와 문학적 언어 사이에, 이른바 언어의 비무장지대를 세운다. 왜 이런 접근할 수 없는 영역을 만드는 걸까. 그의 시가 비존재의 집이기 때문이다. 수학은 비존재의 세계를 표현하는 추상적인 언어다. 수학의 언어는 비존재를 말함으로써 존재의 의미를 확장하고 존재를 보다 더 실체적으로 파악한다.

수는 양수와 음수로 이루어져 있다. 양수가 필요한 이유는 명확하다. 모종의 상태를 정량적으로 파악하고 그것을 모두가 알 수 있도록 표현한 것이 숫자라고 할 때 양수는 숫자의 개념에 정확히 부합한다. 그러나 있는 것을 파악하고 표현하는 양수와 달리 음수는 없는 것을 표현한다. 없는 것을 어떻게 표현할 수 있는가. 이렇게 묻기 전에, 없는 것을 왜 표현해야 하는가. 음수가 존재해야 하는 이유는 양수의 그것만큼 선뜻 납득되진 않는다. 음수를 이해하기 위해서는 보다 더 추상적이고 포괄적인 관점에 대한 이해가 필요하다. 예컨대 시간성을 개입시키면 음수의 필요성은 한층 쉽게 이해된다. 양수는 현재 상태를 뜻하는 동시에 증가하는 변화를 포함한다. 음수는 현재 상태를 뜻하지는 않지만 감소하는 변화를 포함한다. 현재를 포함해 증가와 감소의 가능성이 공존할 때 세계의 전부가 표현된다. (+)시가 존재의 집을 짓는다면 (-)시는 비존재의 집을 짓는다. "바닥엔 목이 베어진 낱말병사들"이 흥건하고 "음표병사들이 적들의 깃발 아래 불타고 있"(「낱말 전쟁」)는 함기석의 시는 비존재의 집이다. 함기석의 시는 (-)시, 즉 음시다. "마이너스 우주, 마이너스 눈동자"(「수학자 누(Nu) 0」)의 세계에서 존재는 사라지고 비존재는 나타난다.

2. 잠 없는 꿈: 틀의 소멸

『음시』는 있음이 에포케(판단 중지)한 땅에 세워진 없음

의 공화국이다. 최후의 언어가 불타고 남은 잿더미 위에 그
재로 만든 언어의 성이 일어섰으니, '없음'의 공화국을 이루
는 세 개의 규율이 이 잿빛 성을 지배한다. 첫번째 규율은 있
음을 가능케 하는 형식의 사라짐이다. 사라짐은 두 가지 방
식으로 진행된다. 개념의 사라짐이 있고, 행위의 사라짐이
있다. 다음에서 살펴볼 두 편의 시는 각각 표현을 구성하는
사유의 재료가 되는 것들의 사라짐과 표현 방식으로서의 사
라짐을 보여준다. 한마디로 한 편은 정신을 발생시키는 구
성 요소들의 사라짐을, 다른 한 편은 정신을 표현하는 구체
적인 행위들의 사라짐을 묘사한다. 이상한 나라로 미끄러진
것처럼 우리가 알고 있던 것들이 홀연히 사라지는 한순간을
향해 두 편의 시는 진행된다.

「나는 데카르트 여객기 실종사건을 추적중인 라디안」은
외부 세계를 인식하는 개념의 틀을 지우는 과정을 가시화
하는 시다. 우리는 이 시를 읽으며 머릿속에 떠오른 생각을
좌표 위에 올려놓을 수도 있고 시의 전개에 따라 좌표 위
에 놓여 있던 생각을 지울 수도 있다. 화자는 실종된 여객
기를 추적하던 중 여객기의 위치가 표시된 좌표평면에서 각
사분면을 특징짓는 요소들을 삭제하기 시작한다. 1사분면
에서 기억을 지우고 2사분면에서 시간을 지운 뒤 3사분면
에서 판단을 지우고 4사분면에서 공간을 지우자 마침내 4D
좌표(0,0,0,0)에서 스스로가 지워진다. 사라짐의 과정을 반
대로 복기하자면 의식하는 존재로서의 인간, 말하자면 데카

르트 관점에서의 인간을 구성하는 것은 기억과 시간, 그리고 판단과 공간이다. 정신, 영혼, 사유와 같은 개념을 분해하는 과정은 영혼의 사원소를 축출하는 과정과도 같다. 사분면이 주어졌으니 이제 우리는 생각을 좌표평면 위에 배치할 수 있다. 생각을 이동시키기 위해 어디로 움직여야 할지 알 수도 있다.

「명제산」에서는 보다 구체적인 생활의 언어를 통해 마이너스의 세계가 구현된다. 의인화된 "보다"와 "쓰다"의 사라짐을 통해서다. 시에서 가언(假言) 스님은 '보다'와 '쓰다' 두 행자를 부른다. 어린 사형수 차림을 한 두 행자가 스님이 있는 방으로 들어간다. 그러고 나서 초현실적인 상황이 이어지는데, 계량할 수 없는 시간이 흐르고 거대한 시간 안에서 말이 죽고 다시 태어난다. "모든 말이 어두운 핏물이 되는 시간이 반복"되더니 그들을 둘러싸고 있던 풍경들은 다 "검게 녹아" 흐른다. "물안개 속에서 알몸의 비구니가 달과 몸을 씻고 있"다는 서술에 이어 말이 사라진다. 이후 태어난 것은 자연과 육체가 구분되지 않고 성과 속이 구분되지 않는 세계이다. "타오르는 혼령, 비명"이 다시 탑을 도는 장면은 새로운 세계의 탄생을 예견한다. 영혼은 수치화되고 성과 속은 결합한다. 두 편의 시는 사라짐 이후에 기존의 형식과 상반된 형식의 세계를 탄생시킨다.

잠 없는 꿈의 세계가 나온다 나는 또 구멍 속으로 빨려

든다 잠 없는 꿈속 꿈속의 꿈속으로 계속 들어가자 참담
한 현실이 나온다 봄밤의 강변이 나온다 사방에서 비명
이 들리고
                                    —「수학자 누(Nu) 8」부분

　공간 T에 수록된 시 「수학자 누(Nu) 8」에는 "잠 없는 꿈
의 세계"라는 표현이 등장한다. 잠은 꿈의 가능성인 동시에
꿈의 불가능성이다. 잠을 통하지 않으면 꿈을 꿀 수 없지만
잠이라는 조건으로 인해 꿈의 시간은 한정되고 꿈의 리얼리
티는 좌절당한다. 꿈은 잠으로부터 비롯되었지만 잠으로 인
해 멸한다. "잠 없는 꿈의 세계"는 가능성도 불가능성도 없
는 세계다. 잠이 없는 꿈은 "무한한 배후"(「수학자 누(Nu)
9」)를 삭제한 언어이며 형식을 전제하지 않는 내용이다. 이
세계에서 "나는 또렷이 존재하는 추상의 시"(「R =kr」)를 쓴
다. "인간이 한 번도 가본 적 없는 불치의 땅으로" 갈 수 있
는 것도 잠 없는 꿈의 세계이기에 가능하다. 인간의 존재를
규정해주는 중심축으로서의 조건들을 삭제하고 그것을 표
현하는 방식으로서의 구체적 행위들에 깃든 기준들을 삭제
함으로써 우리는 존재를 규정하는 틀에서 벗어난다. 존재
의 틀을 제거함으로써 틀이 인식하지 못한 세계의 가능성
이 현실화할 수 있는 "불치의 땅"(「날개 달린 돌」)이 발생
한다. 있음이 에포케한 땅에 세워진 없음의 공화국에서 벌
어지는 일이다.

3. n차원의 시: 통치된 적 없는 땅

"불치의 땅"은 다섯 개의 구역으로 구분된다. 죽음의 이미지를 통해 있음과 없음의 세계를 관장하는 첫째 구역을 U라고 부르니, 생과 사의 모든 '집합'이 여기 함께 기록될 것이다. 둘째 구역은 알파벳의 기원에 따라 더블 U에서 비롯된 W라고 상상해볼 수 있다. "지상의 모든 책들이 제로 점으로 응결된 기하학 백지"에 대한 "백골 컬랙터"(「R=kr」)가 또한 이 공간에 있을 것이다. 셋째 구역의 이름은 R로 R=kr이라는 공식이 적용된다. k는 죽음, r은 o의 반지름, 그리고 R은 O의 반지름이다. r은 항상 R보다 적으므로 K는 양수다. 이곳에서 죽음은 양수다. 넷째 구역은 공간의 땅. H는 높이를 의미하고 높이는 공간을 만들어낸다. 「수학자 누(Nu)」 시리즈로 이루어진 다섯째 구역의 이름은 T. 카드가 널브러진 테이블일 수도, 시간과 공간이 조립되는 타임큐브일 수도 있다. 어떻게 부르든 이 땅은 있음과 없음이 공존하며 없음이 양수로 파악되는 곳, 아직 무엇에도 통치된 적 없는 땅이다.

이곳에서 차원은 한계 짓는 개념이 아니라 한계를 없애는 개념이다. 「오공초등학교 조회 시간」은 초등학교 운동장의 흔한 조회 시간을 그린 작품으로, 삼차원 형상을 평면화된 지면 위에 나타내고 있다. "에에에, 훌륭한 어린이는 국가와 사회에, 에에 거 뭐시냐"로 시작하는 시는 훈화 시간 순서대로 진행되는 동시에, 교장선생님이 제일 높은 교단에 서 있고 그 아래 학생들이 줄지어 서 있는 높낮이를 드러내며, 아이들 뒤에 정물처럼 놓여 있는 꽃과 나무, 구름과 미끄럼틀 등 운동장 풍경을 배치하고 있다. 그리고 마지막은 높은 교단과 대비되는 운동장 바닥, "투덜투덜 일터로 가는 벙어리 개미들"이다. 청각적 요소를 통해 시간성을 부여하고 이미지를 통해 높낮이, 앞뒤 등의 공간적 요소를 더함으로써 삼차원 입체 영상이 백지의 평면 위에 표현되었다. 독재 시대의 기억이 평면 위에 입체적으로 재현됨으로써 지면은 영상 이상의 실재감을 환기한다.

「흑백 벽돌 수용소—어둠 속 225人의 유대인 포로와 가시철조망」이 보여주는 것은 '말'이라는 낱말이 지면을 가득 채우고 있는 형상이다. '말'이라는 글자를 이루고 있는 모듈에 적힌 것은 수용소에 갇혀 있는 각각의 혀들이다. 갇히는 혀, 죄의 혀, 감옥에 감금되는 혀, 아니 탈주하는 혀, 벽을 깨고 탈옥하는 혀, 반항하는 혀, 앵무새의 혀를 훔치는 혀…… 갖은 혀들은 '말'이라는 보이지 않는 형태의 감옥을 이루고 있는 부분이자 말이라는 감옥에 감금되어 있는 죄수들이다. 그러나 제목에서 드러내고 있듯 흑백 벽돌 수용소에서 벽돌은 글자가 새겨진 검은 벽돌만은 아니다. 검은 벽돌이 혀라면 흰색 벽돌은 의미다. 말을 이루는 것은 혀로 상징되는 소리와 그것이 뜻하는 의미이기 때문이다. 갇혀 있다는 것은 드러나는 소리와 드러나지 않는 의미에 모두 갇혀 있다는 의미다.

틀을 소거함으로써 사유에 필요한 형식에 의지하지 않는 언어의 조건을 일구었다면 의미의 소거 역시 비존재의 세계를 포착할 수 있는 또하나의 방식이 될 수 있다. 의미를 제거한 말하기를 상상하는 것은 쉽지 않다. 우리는 의미를 주고받기 위해서 말하고, 말함으로써 의미가 발생한다. 말한다는 것은 이미 의미의 그물망 안에서 이루어진다. 그런 세계에서는 침묵이라는 의미가 소거된 상태 역시 하나의 의미다. 평면적이지만 평면이 아니고 입체를 넘어서는 입체를 표현하고 있는 이 시들은 표현되지 않은 백지를 통해 의미를 완성한다. 의미라고도, 의미가 아니라고도 할 수 없는 이 여백은 「오공초등학교 조회 시간」에서는 전후좌우 위아래의 공간으로 나타남으로써 비존재의 존재를 가시화하고 「흑백 벽돌 수용소」에서는 혀와 혀 사이에 있는 백색 지대를 통해 언어를, 음수를 드러낸다. 소리가 양수라면 의미는 음수다. 소리는 있는 것을 드러내지만 의미는 사라질 수도 있는 가능성을 드러낸다. 의미의 사라짐을 위해 함기석은 수학적 언어 이외에 또다른 종류의 언어를 본격적으로 활용한다. 로골로지스트로서의 시점이다.

4. 이것은 시가 아니다: 의미의 배반

함기석 시에 등장하는 몇 편의 시는 의미를 전면적으로 배제한다. 이때 배제된 언어의 형태적 기원은 '로골로지(lo-gology)'에서 찾을 수 있다. 단어의 의미보다는 단어를 구성하는 글자들의 패턴을 중심으로 연구하는 학문 분야를 지칭하는 로골로지는 의미 전달 체계로서의 단어가 아니라 조형적 구조물로서의 단어에 관심 있다. 이러한 전략에서 우리가 이 시집을 읽으며 가장 먼저 경험하는 것은 의미가 사라져도 여전히 달라붙어 있는 언어의 그림자이다. 그림자를 통해 파악한 불분명한 의미로부터 새롭게 열린 의미가 도출된다. 요컨대 함기석의 로골로지 시는 특정 단어가 품고 있는 확정된 의미에서 벗어나 확정되지 않은 미지의 의미를 발생시킨다는 점에서 벽돌집을 부수고 세운 모래집과도 같다.

르네 마그리트의 그림 〈이것은 파이프가 아니다〉는 이미지와 그것을 가리키는 단어의 불일치를 통해 언어의 일상성을 이루는 질서에 균열을 일으킨다. 파이프 그림 앞에서 그것이 파이프가 아니라는 문장을 읽는 관객들은 파이프라는 실체를 의심하는 동시에 파이프라는 언어를 의심한다. 현실의 사물을 재현하는 이미지와 이미지를 지시하는 언어 사이에 어떤 필연성도 존재하지 않는다는 사실에 이르게 되면 화가의 질문이 관객에게도 전달된다. 마그리트의 그림은 언어에 포위당한 사람들이 언어 밖으로 나올 수 있도록 잠긴 문을 열어준다. 이미지의 배반이 그 문을 여는 열쇠다.

함기석의 시를 이야기할 때 많은 사람들이 마그리트의 작업을 떠올리는 건 초현실주의로 이해할 수 있는 이미지와 전개 방식에서 공통점을 찾을 수 있기 때문일 것이나, 표면적인 유사성 이면에는 언어를 이루는 질서를 와해한다는 본질의 공유가 있다. 함기석의 시에 대해서라면 나는 종종 이렇게 말하고 싶은 충동을 느낀다. 이것은 시가 아니다. 그의 로골로지 시는 단어의 의미와 표현 사이의 불일치를 통해 의미를 담고 있는 지시어로서의 단어와 그것들을 받들고 있는 질서에 균열을 일으킨다. 그림 앞에서 당황스러워하는 마그리트의 관객처럼 함기석의 시 앞에 멈춘 독자들은 단어와 그 단어의 정체성이라고도 할 수 있는 의미 앞에서 혼란스러워진다. 그의 시는 언어에 포위당한 사람들이 언어 밖으로 나올 수 있도록 잠긴 문을 열어 준다. 의미의 배반이 그 문을 여는 열쇠다.

「쌍둥이 유령 로골로지와 야골로지의 대통령 국회 국정연설문 교차 낭독」은 북한 핵실험에 대한 정부의 국정연설문으로, 연설문 사이사이에 무작위로 삽입된 채소나 과일 이름이 메시지 전달을 가로막는다. 시가 전개되는 동안 "졸려 하는 국민 여러분"은 "졸려 하는 국물 여러분"으로, "잘려 하는 국민 여러분"으로 변화해간다. 이질적인 두 개의 층위가 뒤섞여 있는 이 시를 앞에 두고 우리는 다음과 같은 방식으로 독해해나갈 것이다. 가장 먼저 그림자를 기준으로 발췌한다. 공통 상식에 근거해 국정 연설문에 적합하다고 생각하는 텍스트를 발췌해내는 것이다. 그다음으로 '우연히'

삽입된 이질적인 단어들을 인식하고, 우연에 가미된 서사를 상상한다. 가령 "앞으로 뒤로 아프로디테"를 소리의 가능성으로만 이해한 뒤 우연 뒤에 숨겨진 필연, 즉 서사의 가능성을 찾는 식이다.

「자책한 과부가 부과한 책자—전대미문의 문미대전」을 중심으로도 구조의 양상을 살펴볼 수 있다. 이 시는 회문국의 국왕 론의 시체가 묻혀 있는 굴에서 발견된 것들을 초현실적인 방식으로 열거한다. 가령 "론의 눈에서 독 묻은 탄환이나"오자 그 "탄환은 웃으며 자기는 론을 죽이지 않았다고 주장"하고, "론의 찢긴 목구멍에선 푸른 가시벌레들이 계속 기어나"오는가 하면 "항문에선 흰개미들이 쏟아"진다. 신하들은 "문미대전을 대대적으로 작란"한다. 그가 살고 있는 궁은 "나풀거리는 회문(回文)의 책자"였고 그 책자는 13부로 구성되어 있다.

야사의 계절이 바뀌고 또 바뀌고
죽어서도 눈이 감기지 않는 아이들은 모두 물새가 되어
굴의 폐쇄된 해저 깊은 곳으로 날아갔다
마침내 굴의 반대편이 나왔다

가슴에 노란 리본을 단 사람들이 울고 있었다
촛불이 타는 반도였다 반도는
자책한 과부가 부과한 거대한 악의 책자였고

또다른 전쟁으로 4부 5부 6부 이후의
모든 서사는 불타 있었다
—「자책한 과부가 부과한 책자—전대미문의 문미대전」
부분

거울처럼 반사되어 있는 이 시의 제목은 죽음의 반대편에
도 죽음만이 존재하는 전대미문의 전쟁을 연상시킨다. 데칼
코마니처럼 서로를 비추는 이 닫힌 구조는 무수한 반사체로
이루어진 절망의 전쟁을 묘사하기에 대한 탁월한 이미지다.
13부로 구성된 책자에서 세월호 실종자 13명을 읽는다고 가
정해보면 이 시는 앞뒤가 꼭 막혀 죽음 이후로 나아가지 못
하는 고립된 상황을 의미한다고도 볼 수 있다. 의미가 사라
진 곳에서 기존의 언어에 빚지지 않은 의미가 탄생한다. 함
기석이 의미를 배격한 곳에서 다시 세운 서사는 불탄 서사
이며 열린 의미이다. 공통의 토대가 불태워진 잿더미에서
출발한 시는 결코 공동체를 위한 곳으로 도착하지 않는다.
공동체의 붕괴 위에서 불리는 증발하는 시는 '나'의 언어이
며 '나'의 시다. 누구의 시도 아닌 동시에 누구도 이 시의 주
인이 될 수 있다. 함기석의 시를 일컬어 이것은 시가 아니라
고 말할 때 부정당한 시는 공동체를 위한 시다. 이것은 시가
아니다. 공동체를 위한 시가 아니다.

5. 미래의 음시, 미래는 음시

수학이나 기하학 등 일상어의 궤도를 한참 벗어난 형태의 언어를 시어로 활용하며 한국의 어떤 시인도 걷지 않은 고독한 길을 침묵처럼 걸어온 것이 함기석의 시라면, 이번 시집은 그간의 시가 편재해 있는 세계의 바탕을 보여준다는 점에서 한층 종합적이다. 쉽사리 소화되지 않는 형태를 지닌 함기석의 시에 대해 오해하지 말아야 할 분명한 사실은 그의 시가 결코 시를 위한 시, 언어를 위한 언어, 표현을 위한 표현, 요컨대 문학을 위한 문학이 아니라는 점이다. 함기석의 음시는 양의 세계로 편향되어 있는 가시화된 세계이자 기성의 세계가 묵인하거나 방조하는 폭력적 기울기를 맞추기 위한 밸런스로서의 음의 세계이며 양의 세계의 소멸을 반영하는 거울이다.

양의 세계가 약화된다는 것은 공동체의 소멸을 통해 증명되고, 공동체의 소멸은 리추얼(Ritual)의 소멸을 통해 증명된다. 그러나 공통의 의식과 형식이 사라진다고 해서 의식과 형식 자체가 사라지는 것은 아니다. 대문자 R의 시대는 저물고 있다. 다 같이 존재할 수 없는 세계에서 모두를 위한, 혹은 모두를 의미하는 의식이 설 자리는 점점 더 좁아진다. 그러나 소문자 r의 시대가 시작되고 있다. 자신을 일으켜줄 수 있는 자기만의 의식과 형식이 새로이 생겨난다. 모두를 위한 리추얼이 아니라 나만을 위한 리추얼의 세상에서 비존재의 집이고자 하는 함기석의 시는 어느 때보다 더 사회적인 요청에 부응한다. 양의 시는 대문자 R의 시대를, 음의 시는 소문자 r의 시대를 반영한다. 도래할 시대는 r의 후미에 R이 있을 것이다. 음시가 양시를 초월할 것이다.

함기석은 음시를 가리켜 "이 땅의 모든 죽은 말을 눈의 벌판으로 내쫓는/ 천년의 난(亂)"(「밀지」)이자 "삼독(三毒)의 반도가 거꾸로 투영된/ 흑경(黑鏡)"(「해조음」)이며 "우리의 주검에 핀 살의 현상"(「음시」)이라고 썼다. 죽은 말을 내쫓는 살아 있는 말이자, 있는 것을 반사할 따름인 수동적인 기능을 거부하는 거울이며 죽음의 현장에서 피어난 미래의 증거. 음시는 에포케를 외치는 중단된 언어이자 지연된 언어이며 기능하지 않음으로써만 기능하는 역설적 언어이지만, 살아 있는 말이고 죽어 있기를 거부하는 말이며 미래를 가리키는 말이다. 음시의 존재론은 음의 언어를 통해서만 설명할 수 있는 음의 세계가 도래할 것임을 의미한다.

"폐를 도려낸 집, 갈라진 벽을 따라 빛이 예각으로 누수되고 있"는 집, "모든 소리와 색깔과 눈물을 흡수하는 삼각형 집, 나무는 없고 나무 그림자 혼자 물속을 거니는"(「수학자 누(Nu) 7」) 집, 이른바 통틀어 비존재의 집. 언어라는 빛은 누수되어 빠져나갔고 소리나 색깔, 눈물 같은 비언어는 흡수되어 보이지 않는 투명한 집. 그러나 증거의 부재가 부재의 증거는 아니듯, 비존재는 비존재의 형식으로 말을 걸어온다. 음시는 그 첫번째 호응이다.

함기석 1992년 『작가세계』를 통해 등단했다. 시집 『국어선생은 달팽이』 『착란의 돌』 『뽈랑공원』 『오렌지 기하학』 『힐베르트 고양이 제로』 『디자인하우스 센텐스』, 동시집 『숫자 벌레』 『아무래도 수상해』 『수능 예언 문제집』, 시론집 『고독한 대화』, 비평집 『21세기 한국시의 지형도』 등이 있다.

문학동네시인선 168

음시

ⓒ 함기석 2022

초판 인쇄 2022년 2월 4일
초판 발행 2022년 2월 11일

지은이 | 함기석
책임편집 | 이재현
편집 | 강윤정
디자인 | 수류산방(樹流山房) 본문 디자인 | 유현아
마케팅 | 정민호 이숙재 박보람 한민아 김혜연 이가을 안남영 김수현
          정경주 이소정
브랜딩 | 함유지 함근아 김희숙 정승민
제작 | 강신은 김동욱 임현식
제작처 | 영신사

펴낸곳 | (주)문학동네
펴낸이 | 김소영
출판등록 | 1993년 10월 22일 제406-2003-000045호
주소 | 10881 경기도 파주시 회동길 210
전자우편 | editor@munhak.com
대표전화 | 031) 955-8888 팩스 | 031) 955-8855
문의전화 | 031) 955-8895(마케팅), 031) 955-1920(편집)
문학동네카페 | http://cafe.naver.com/mhdn
트위터 | @munhakdongne
북클럽문학동네 | http://bookclubmunhak.com

ISBN 978-89-546-8442-2 03810

* 이 책의 판권은 지은이와 문학동네에 있습니다. 이 책 내용의 전부 또는 일부를 재사용
  하려면 반드시 양측의 서면 동의를 받아야 합니다.
* 이 책은 2021 서울문화재단 예술창작활동지원 사업에 선정되어 발간되었습니다.

잘못된 책은 구입하신 서점에서 교환해드립니다.
기타 교환 문의: 031) 955-2661, 3580

www.munhak.com

문학동네